Né à New York en 1955, Douglas Kennedy a écrit trois récits de voyages remarqués, mais c'est un polar, *Cul-de-sac*, qui va le révéler, bientôt suivi de *L'homme qui voulait vivre sa vie* (1998), traduit en une quinzaine de langues et en cours d'adaptation cinématographique. Ses romans suivants, *Les désarrois de Ned Allen*, *La poursuite du bonheur*, *Rien ne va plus* et *Une relation dangereuse* ont également connu un immense succès. Vinrent ensuite *Les charmes discrets de la vie conjugale* (2005), suivis de *La femme du Ve* (2007). En 2008, les éditions Belfond ressortent le mythique *Cul-de-sac* dans une nouvelle traduction et sous le titre *Piège nuptial*. Son nouveau roman *Quitter le monde* vient de paraître chez le même éditeur.

Douglas Kennedy vit entre Londres, Berlin et Paris.

Retrouvez l'actualité de Douglas Kennedy sur www.douglas-kennedy.com

PIÈGE NUPTIAL

DU MÊME AUTEUR
CHEZ POCKET

Vous pouvez consulter le site de l'auteur à l'adresse suivante :
www.douglas-kennedy.com

DOUGLAS KENNEDY

PIÈGE NUPTIAL

Traduit de l'américain
par Bernard Cohen

belfond

Titre original :
THE DEAD HEART
publié par Little, Brown and Company, Londres.

Roman paru précédemment aux Éditions Gallimard
sous le titre *Cul-de-sac*.

Nouvelle traduction de Bernard Cohen.

Tous les personnages de ce roman sont fictifs et toute ressemblance
avec des personnes réelles, vivantes ou mortes, serait pure coïncidence.

© 1994, Douglas Kennedy. Tous droits réservés.
Et pour la traduction française

place
des
éditeurs

© 2008, Belfond, un département de
ISBN : 978-2-266-19282-8

À Max Kennedy

« L'homme seul, dans un environnement inconnu, éprouvera naturellement de l'angoisse. »

Maurice DUNLEAVY, *Stay Alive*
(manuel de survie dans l'outback
publié par les autorités australiennes)

PREMIÈRE PARTIE

1

Partout, des tatouages. je n'en avais jamais vu autant de ma vie. À Darwin, tout le monde en avait. Et dans ce bar aussi, y compris la stripteaseuse en train de se tortiller sur la scène improvisée, exhibant le papillon vulcain qu'elle avait à la fesse gauche.

Je lui donnais la trentaine. Un petit bout de femme maigrelette, quarante-cinq kilos sans les frusques, poitrine en planche à pain, jambes squelettiques. Et l'air sérieusement fâchée avec la vie, en plus, peut-être parce qu'elle était payée pour laisser une bande de bushmen craignos lui reluquer la fente.

J'étais arrivé dans le bouibe juste à temps pour le début de son spectacle. C'était une sorte de grande caverne rébarbative, avec un alignement de portes de glacière en métal derrière le bar, le genre de portes à grands leviers que l'on voit à la morgue. Chacune ouvrait sur une cavité de deux mètres de profondeur où s'entassait une montagne de canettes de bière. Les barmen accueillaient les clients par une seule et unique question – « Pisse en boîte ? » –, car le bouge ne servait que de la bière.

Face au comptoir, une planche en contreplaqué avait été posée sur deux caisses à thé, et c'est sur ce perchoir que la stripteaseuse, apparue au son d'un enregistrement grésillant des Beach Boys (« Fun, Fun, Fun »), s'est juchée. Elle était attifée en femme au foyer lambda venue passer une journée à la plage : un bikini, un chapeau de paille à large bord, des lunettes de soleil et un gros ballon dans les bras. Ce dernier accessoire était destiné à établir une relation espiègle, voire mutine, avec l'assistance, mais, quand elle l'a lancé vers les bedaines distendues qui s'étaient massées devant la scène, les spectateurs se sont contentés de lui renvoyer brutalement le ballon en lui criant de se mettre enfin au boulot. Les traits crispés dans une expression invitant fortement ses admirateurs à aller se faire mettre, elle a enlevé le chapeau, puis les lunettes, puis le haut du bikini, puis le bas. Là, elle s'est allongée sur le dos et s'est mise à cisailler l'air de ses jambes. Des cris d'approbation se sont élevés.

Le type assis près de moi m'a décoché un coup de coude :

— T'sais à quoi elle me fait penser ? À la faille de San Andreas !

— Ah bon ?

Mes yeux sont tombés sur l'araignée velue qui était tatouée sur son biceps. J'ai fait mine de passer sur le tabouret libre à côté de moi mais le plaisantin me tendait déjà la main :

— Jerry Watts, a-t-il annoncé.

Un blond débile, avec une coupe en brosse, des dents qui couraient après le bifteck, une moustache chétive et l'abominable tatouage susmentionné. Je me suis forcé à lui serrer la pince.

— Nick Hawthorne.

— T'es de par chez moi, l'ami ?

— Ouais. Yankee.

— D'où ça, exactement ?

14

— Le Maine.

— Ah ! T'es de ceux qui se la ra-Maine-nt, hein ?

— À peu près ça.

— Moi, c'est la ville de la bagnole. Detroit ! Mais j'étais basé en Alabama, avant qu'l'armée m'expédie ici. T'es aussi de la biffe, Nick ?

— Non, non, civil.

— Mais qu'est-ce que tu branles ici, alors ? Les seuls Américains que j'ai croisés, à Darwin, ils étaient de la biffe.

— Je ne fais que passer par ici.

— Pour où ?

— Le Sud.

— Le Sud ? Hé, quand t'es à Darwin, y a que là où tu peux aller, au sud ! Vu que plus nord que ça, y a pas ! Où ça, au sud ?

— Je ne suis pas encore certain. Perth, peut-être.

— « Peut-être » ? Tu sais à combien c'est d'ici, Perth ?

— Dans les quatre mille.

— Tu l'as dit ! Et tu sais ce que tu vas trouver, sur ces quatre mille bornes entre ici et Perth ? Que dalle ! Je parle du rien total, peau de zébu à part des chiottes toutes les quatre heures. Tu l'as déjà faite, cette route ? (J'ai secoué la tête.) Bon, faut espérer que tu aimes le bizarre, parce que tu vas en avoir ton compte. Et quand je dis bizarre, dans ce coin du pays, je veux dire du bizarre qui craint vraiment ! Je sais de quoi j'parle, fais-moi confiance !

— On dirait que vous savez plein de choses sur plein de trucs, oui.

— Faut croire, l'ami, faut croire… Enfin, j'y suis allé qu'une fois, par là-bas. Quand on était en manœuvres l'an dernier. Et j'te charrie pas, d'ac ? De ma vie,

15

j'ai jamais vu autant de… vide. Hé, barman, deux bien fraîches par ici !

— Euh, je ne crois pas que je vais pouvoir, je…

— T'as rencard ailleurs ?

— Pas vraiment, non, mais je ne suis arrivé qu'hier soir et, avec le jet-lag et tout, je préfère y aller doucement avec la bière.

— Hé, une mousse ou deux de plus, ça va pas te tuer !

Sur la scène, l'effeuilleuse s'est mise à quatre pattes, dos tourné à la foule, avant de faire le poirier. Des applaudissements convaincus ont éclaté.

— Ça, c'est ce que j'appelle un panorama ! a commenté Watts. Encore que si j'étais son jules, moi, j'te la remplumerais un peu. Question rembourrage, c'est pas le grand confort, si tu vois ce que j'veux dire…

J'ai regardé le fond de ma canette de Swan Export sans rien dire.

— T'es marié, Nick ?

— Non.

— Jamais remonté jusqu'à l'autel ?

— Jamais.

— Moi, deux fois ! La première, j'avais dix-sept piges. Vingt et une, la seconde. Maintenant, je suis basé à Okinawa, au Japon, et je me suis mis à la colle avec une jolie p'tite Philippine. Mamie, qu'elle s'appelle. Et j'pense la marier, c'est sûr, sauf que, à chaque fois qu'on vient en manœuvres à Darwin, j'me dis que je devrais me dégoter une de ces Australoches, vu que c'sont les plus belles garces de toute la planète. Tu t'en es déjà farci une ?

— J'avoue que non.

— T'as jamais tronché une Australoche, tu t'es jamais marié… T'as passé ta vie dans du coton, mec !

— J'imagine que oui.

— T'as un boulot ?

— Je suis entre deux.

— Dans quoi ?

— Journalisme.

— Charrie pas !

— Je ne charrie pas.

— Ah… Et maintenant, tu fais quoi ?

— Je me balade, c'est tout.

— Ah… Et c'est pour ça que t'es ici ?

— Exactement.

— Eh bien, c'est un putain de coin que tu t'es choisi !

— Vraiment ?

— J'te l'dis, Darwin, y a pas mieux. Plages super, bars super, casinos super, plein de nanas super pour te purger les baloches…

La stripteaseuse se tenait maintenant sur le bord de la planche, où elle venait d'arracher un billet de dix dollars de la patte tremblante d'un vieux type aux yeux larmoyants et à la bouche garnie de trois chicots. En échange de cette somme, le papy a été autorisé à rapprocher son visage des régions indicibles de l'anatomie féminine. Hélas ! au moment où il se mettait au travail, il a été pris d'une sérieuse crise d'éternuements, dont la fille a été tout éclaboussée.

— Tête de nœud à la con ! a-t-elle hurlé avant de s'échapper vers sa loge.

— Où qu'tu vas ? lui a crié le papy. J'en ai pas eu pour mon argent, moi !

L'assistance était pliée en deux, à commencer par Jerry Watts. Abandonnant le vieillard éploré, ses yeux sont revenus sur son nouveau pote :

— Ah, j'aime trop cette ville, mec !

Mais j'étais déjà en route vers la sortie.

2

Il faisait chaud. une chaleur de four. Encore quarante à minuit. Mettre le nez dehors, c'était comme
tomber tête la première dans une bassine de barbe à
papa, brûlante et poisseuse. Tenté de retourner dare-
dare dans le bouibe climatisé, je me suis dit que Jerry
Watts ne manquerait pas de me harceler à nouveau
avec ses tournées de pissat d'âne et ses réflexions
débiles sur la gent féminine et la vie en général. « Je
me suis mis à la colle avec une jolie p'tite Philippine.
Mamie, qu'elle s'appelle. » Tous mes vœux, mon pote.
Et une fois que Jerry en aurait fini avec ses histoires de
tombeur de founes, ils allaient sans doute ramener le
papy dans un fauteuil roulant afin qu'il refasse son
numéro avec la stripteaseuse suivante…

Tant pis pour la foutue chaleur, je me casse.

Darwin by night. Des poivrots en short kaki
vacillaient le long des rues. Un quatuor d'Aborigènes,
assis sur le bord du trottoir, pieds nus, se repassaient
une bouteille de rhum Bundaberg. Ici et là, une belle
de nuit version australienne – blonde oxygénée, mini-
short et lèvres desséchées par le vent du désert –
attendait la prochaine passe à l'ombre d'un hôtel à
douze dollars la chambre. Parfois, on tombait sur une

représentante de l'association des adolescentes à la dérive qui, après huit ou dix rhum-coca de trop, vomissait son dîner dans une poubelle.

« Ah, j'aime trop cette ville, mec ! » Pas moi. Je la détestais. Elle m'avait révulsé dès le début, la veille au matin, lorsque j'avais émergé hébété d'un vol de trente-six heures en provenance de Boston, avec escales à Londres et Djakarta. Descendu dans un motel bon marché, j'avais demandé au réceptionniste de m'indiquer la direction du centre-ville.

— Le centre-ville ? Mais t'y es ! avait-il répondu.

Darwin centre, c'était deux ou trois gratte-ciel pour la frime, une mer d'immeubles en parpaings sinistres et une grand-rue transformée en galerie marchande bétonnée. Comme l'ancienne ville avait été emportée par un mémorable cyclone le jour de Noël 1974, tout était neuf mais avec un côté éphémère, déjà ringard. Un assortiment d'architecture moderne pour jours de soldes. Après une journée et demie gâchée dans un avion, quelle était la récompense ? Un cauchemar suburbain et subtropical avec, en prime, quelques bars à striptease minables. La nuit avait au moins cet avantage que le thermomètre dégringolait des sommets atterrants qu'il atteignait à midi, mais c'était aussi le moment où Darwin appartenait à ses marginaux et à ses cinglés, où Jerry Watts et l'autre papy prenaient le haut du pavé, où…

— Tu cherches d'l'action, mec ?

La voix venait des ténèbres. J'ai continué à marcher mais l'homme invisible a insisté :

— J'ai dit, tu cherches d'l'action, mec ?

Je me suis retourné d'un bloc. Un type d'une vingtaine d'années venait d'émerger d'une vieille Holden cabossée. Maigre comme un clou, cheveux longs et raides, un paquet de cigarettes coincé dans la manche de son tee-shirt, des yeux aussi expressifs que deux cubes de glace. Qui vous amenaient à vous demander si ce garçon avait subi une ablation du lobe frontal. Qui vous laissaient prévoir le pire, aussi.

— Je pose une question, je prévois une putain de réponse, a articulé le gamin. Alors, tu veux une nana ?

Engoncée dans le siège passager de la Holden, une fille qui devait peser dans les cent vingt kilos se remettait du rouge à lèvres en se regardant dans le rétroviseur, tout en tirant sur une cigarette. Elle avait un triple menton, de la cellulite qui débordait de partout. Son mac aurait pu facilement lui faire sa pub avec une formule du genre « Couchage confort, deux places et plus ».

— Tu la veux ? a demandé le maigrichon.

— Non merci.

— J'te le dis, moi, c'est une bonne. Bonne de chez bonne. J'en sais que'que chose, c'est ma nana !

Tournant les talons, j'ai repris ma marche en hâte tandis qu'il hurlait dans mon dos :

— Enculé de branleur yankee ! Rien dans la culotte, l'Amerloque !

La conclusion parfaite d'une charmante soirée à Darwin.

Mon motel n'était qu'à deux pâtés de maisons. Entré au pas de course sur le parking, je me suis retourné pour m'assurer que l'autre ne m'avait pas suivi avec son phénomène de foire, puis j'ai filé à mon bungalow, tout près de la piscine dont la peinture s'écaillait dans une eau saumâtre. Après m'être battu un moment avec la serrure, je me suis jeté à l'intérieur, claquant la porte à la face de la nuit.

Ma chambre : une boîte en béton badigeonnée de rose, une moquette en nylon criblée de brûlures de cigarettes, un lit plein de bosses, un frigo en panne, une télé payante, un climatiseur datant d'avant le déluge que j'avais laissé allumé en sortant. Il était visiblement pas à la hauteur, car on se serait cru dans un hammam. Il ne me restait plus qu'à enlever mes fringues trempées de sueur, à les rouler en boule dans un coin et à me réfugier sous la douche. L'eau était d'un froid polaire, et d'un marron peu rassurant, mais ça m'était égal : tout ce qui pouvait noyer les mauvaises vibrations de Darwin était bienvenu.

Les serviettes du motel étaient aussi fines que des hosties, et à peu près aussi absorbantes. Quand j'ai tenté d'en nouer une autour de ma taille, dix kilos de bourrelets m'en ont empêché. Alors que j'improvisais, me confectionnant une sorte de pagne avec la serviette, j'ai surpris mon reflet dans la glace et ce que j'ai vu, un gus de trente-huit ans présentant tous les signes habituels d'un quinquagénaire qui se néglige, ne m'a pas plu du tout. Le ventre était mou et relâché, un vilain amas de graisse pendait sous mon menton, mes cheveux blonds étaient ternis de mèches grises, des cernes de fatigue permanente se creusaient sous mes yeux et mes tempes étaient parcourues d'un réseau de rides aussi complexe qu'une carte de chemin de fer. Je paraissais las, bouffi, accablé par l'existence.

Une cigarette s'imposait. Avant de quitter les États-Unis, j'avais mis fin à une parenthèse de sept ans en recommençant à fumer et j'en étais déjà à deux paquets quotidiens de Camel sans filtre. La respiration sifflante du temps jadis était de retour, tandis que j'expectorais chaque matin une huître brunâtre et que mes dents prenaient une belle nuance terre cuite.

Reprendre la clope était ce que j'avais fait de plus positif depuis des années.

Saisissant la cartouche duty-free sur la table de nuit, j'en ai extrait un nouveau paquet de Camel. Cigarette au bec, j'ai ouvert mon Zippo d'un coup sec et pris une grande bouffée. Bingo ! Extase immédiate. À quoi ça sert de s'exténuer à la poursuite du bonheur quand les seules satisfactions que ce monde vous apporte sont aussi intenses que temporaires, aussi gratifiantes que modestes : une douche froide après avoir cuit dans son jus toute la journée, une cigarette qui vous fait tellement de bien que vous avez l'impression, en tout cas l'espace de quelques instants, d'être parvenu à la sérénité…

Cette fois, la béatitude a été aussi brève qu'un coup tiré à la va-vite : elle s'est évanouie dès que mes yeux se sont posés sur la carte de l'Australie qui était encore dépliée sur mon lit. Foutue carte. Je l'avais laissée me séduire, m'entortiller avec ses promesses. C'était elle qui m'avait entraîné. À Darwin. J'aurais préféré ne l'avoir jamais connue.

Notre rencontre avait eu lieu dans une librairie de Boston, par un après-midi de février très gris, très glacial et très déprimant. Quelques jours plus tôt, j'avais abandonné mon emploi dans un journal du Maine, le quatrième essai non concluant dans une errance professionnelle qui durait depuis près de dix ans. Tel un musicien itinérant, j'avais sillonné la côte Est dans ma vieille Volvo, cherchant les piges dans des feuilles de chou provinciales. J'avais tenu un moment à Schenectady, État de New York, à Scranton, en Pennsylvanie, à Worcester, dans le Massachusetts, et enfin à Augusta, dans le Maine. Un enchaînement de canards obscurs dans des coins oubliés par l'actualité. Souvent, mes collègues, dans ces salles de rédaction assoupies, s'étaient étonnés de mon insistance à hanter des villes ouvrières ravagées par la crise postindustrielle de cette décennie pendant laquelle je n'avais pas essayé une seule fois de tenter ma chance dans un « vrai » journal de Philadelphie, de Boston ou même de la Grosse Pomme. Mais c'est que je ne cherchais pas à explorer les plus hautes sphères de l'excellence journalistique ; au contraire, je me satisfaisais très bien de ce vol à moyenne altitude, au milieu d'une médiocrité qui avait le grand avantage de ne me retenir nulle part, de me préserver des affres et des délices de l'ambition. Au bout de deux années à couvrir les réunions des conseils municipaux, les fêtes paroissiales et, de temps en temps, les carambolages du samedi soir sur l'autoroute, j'étais prêt à passer à l'étape suivante. Et c'est pourquoi, ayant mis fin à ma collaboration de vingt-huit mois avec l'*Augusta Kennebec Journal*, j'avais récemment entassé tous mes biens à l'arrière de mon break Volvo avant de mettre cap au sud sur la I-95.

Je me rendais dans l'Ohio, où *La Vigie d'Akron* était disposée à m'embaucher, mais sur la route de la capitale du pneumatique j'ai décidé de m'arrêter flâner quelques heures à Boston. Après avoir pris une chambre dans un petit hôtel de Bolyston Street, j'ai pris le tram jusqu'à Cambridge et j'ai commencé à écumer les bouquinistes autour de Harvard Square. Dans la première échoppe où je suis entré, j'examinais le rayon des guides de voyage quand j'ai remarqué une boîte en carton pleine de cartes routières d'occasion. Presque toutes américaines. Et puis je suis tombé sur une pièce inattendue, une carte de l'Australie éditée par le Royal Automobile Club en 1957. 1,75 dollar. Je l'ai dépliée sur le sol. Cela ne ressemblait à rien de ce que je connaissais : une île grande comme l'Amérique avec une seule route qui traversait son centre inhabité, et une autre faisant le tour du continent.

Un vendeur a failli me tomber dessus alors que, fasciné, je restais agenouillé devant la carte :

— Vous la prenez ou quoi ? a-t-il demandé, mal embouché.

— Oui, je la prends.

Je ne me suis pas arrêté là. À la coopérative étudiante de Harvard, j'ai fait l'emplette d'un guide de l'Australie, dont l'assortiment de cartes routières plus récentes m'a confirmé l'étrange configuration qui avait éveillé mon intérêt : un unique axe routier à travers cette immensité, et un autre qui suivait fidèlement le contour des côtes. Ce n'était pas un véritable pays, plutôt une frontière chimérique, un Nulle Part démesuré.

Revenu à l'hôtel, j'ai commandé une pizza et un pack de six Schlitz, puis j'ai passé la soirée à me balader au pays d'Oz. Mes yeux revenaient sans cesse à la ville de Darwin, cette excentricité géographique, la clé de voûte septentrionale à laquelle était suspendue cette interminable route côtière. À l'est, on trouvait l'État du Queensland, réputé selon le guide pour ses plantations de fruits tropicaux, son climat étouffant et son conservatisme politique, cette description m'amenant à penser qu'un jumelage avec l'État du Mississippi serait des plus logiques. À l'ouest, par contre, on entrait en territoire inconnu, en pleine fantaisie : « *Imaginez-vous parcourir quelque deux mille kilomètres sans rencontrer la moindre trace de vie moderne*, invitait le guide. *Imaginez une terre vierge sous un ciel bleu cobalt, loin, très loin des pesanteurs de la civilisation. Les quatre mille kilomètres de route qui vous emmèneront de Darwin à Perth, en plus de vous donner accès à cette merveille de la nature qu'est l'outback (savane) d'Australie-Occidentale, seront une plongée dans la dernière immensité de la planète laissée intouchée par l'homme. »*

Sans être dupe des envolées lyriques du pisse-copie, je continuais à me laisser hypnotiser par la carte. Tout cet espace, tout ce… vide. Là, dans cette chambre d'hôtel glauque, tenant entre les doigts une part de pizza au salami froide qui jutait sa graisse sur Darwin et ses environs, je me suis brusquement rendu compte que je n'avais encore jamais voyagé pour de bon. OK, j'avais joué les Hollandais volants du journalisme pendant quinze ans le long de la côte Est américaine, mais à part une semaine à Londres deux années plus tôt je ne connaissais rien du vaste monde au-delà de la I-95. Alors que j'approchais dangereusement du grand tournant des quarante balais, allais-je m'enfermer encore dans un autre boulot inintéressant ? À Akron, trou du cul de l'Ohio, célèbre pour ses pneus Goodyear à carcasse radiale et pour à peu près rien d'autre ? Deux ans là-bas, ce serait un peu comme une overdose de liquide thanatopracteur. Pourquoi choisir à nouveau la voie de la banalité ? Je n'avais pas d'attaches, pas de responsabilités, alors pourquoi ne pas sortir des sentiers battus et aller voir du côté des grands espaces, si j'étais vraiment aussi libre que je m'en vantais ?

J'ai ruminé ces questions tout en finissant mon pack de six, un paquet de Camel et en matant deux ou trois navets pour téléspectateurs noctambules. À un moment, entre un remake de *Brève rencontre* transposé dans un faubourg d'Honolulu et un film d'horreur kitsch où des lapins géants attaquaient une base de la garde nationale, j'ai dû aller gerber, l'accumulation de pizza froide, de mauvaise bière, de tabac et de jeannotslapins sanguinaires ayant eu raison de mon système digestif. Mais, alors que je me cramponnais à la cuvette, mes idées sont devenues très claires, soudain. Si claires que ma décision était prise lorsque la dernière salve de vomi a éclaboussé la porcelaine : j'étais en partance pour l'outback.

Et maintenant, dans une autre chambre de troisième catégorie à l'autre bout de la Terre, j'ai dû admirer la vastitude de ma stupidité : voilà, je débusque une vieille carte dans une librairie de Boston et, quelques heures plus tard, tout en dégobillant mes tripes, je prends la résolution de filer vers ce bled impossible, Darwin ; le lendemain, j'appelle mes futurs employeurs et je leur dis poliment qu'ils peuvent se carrer leur offre là où je pense ; je mets mes modestes possessions au garde-meuble ; je vends ma Volvo bien-aimée ; je retire de la banque toutes mes économies, soit dix mille dollars ; j'obtiens mon visa, je m'achète un billet d'avion et, un jour et demi plus tard, je débarque ici. Morale de l'histoire : on peut foutre sa vie en l'air rien qu'en tombant amoureux d'une carte.

Dehors, le ciel nocturne a entamé un spectacle son et lumière. D'abord trois coups de tonnerre dignes d'un groupe de heavy metal, puis une rapide succession d'éclairs, puis une averse tropicale comme on en fait peu, vingt-cinq centimètres de flotte en dix secondes, un déchaînement d'éléments tellement furieux que le câble électrique alimentant l'hôtel s'est retrouvé par terre. Et moi dans le noir. En silence, j'ai encouragé la mousson à s'acharner encore plus sur la ville, dans l'espoir qu'elle finirait par emporter Darwin – et tous mes choix stupides – au diable.

3

À la minute où j'ai vu le minibus, j'ai su que j'allais l'acheter. C'était un authentique Volkswagen du début des années 1970, une véritable pièce de collection qui me ramenait à mon passé d'étudiant, au temps où tous les clowns de la contre-culture se payaient ce genre de bahut, le passaient à la bombe rose et partaient communier avec le karma des routes américaines. Cependant, ce volkswagen-là semblait plutôt destiné à communier avec une zone de guerre, puisqu'il était peinturluré de brun et de vert camouflage. Dommage que le Saigon de 1968 soit loin, car il ne lui aurait manqué qu'une batterie de mitrailleuses sur le toit pour aller au-devant de l'offensive du Têt, rock-and-roll à fond les manettes. La rencontre entre le génie mécanique allemand et la dépravation américaine : *Guten Morgen, Vietnam !*

Il était garé en face du motel, au milieu d'une dizaine de véhicules de camping déployés là. Cette rue était en effet le marché aux minibus de Darwin, le dernier arrêt des vétérans de la route australienne qui, ayant eu leur compte de bourlingue, venaient vendre ici leur caisse aux prochains candidats à l'aventure dans le bush. Il y avait des pick-up 4 × 4 rescapés de l'outback, des caravanes remorquées par des Holden à bout de souffle, et même un Bedford de l'armée britannique avec, sur le capot, un emblème pacifiste bombé par une main maladroite. Mais un seul minibus Volkswagen, et c'est vers lui que je suis allé en premier.

De plus près, la peinture camouflage paraissait l'œuvre d'un épileptique, et l'une des ailes était mangée par la rouille, mais les pneus avaient bonne mine et la suspension a réagi de façon satisfaisante quand j'ai appuyé mon pied à plusieurs reprises sur le pare-chocs avant. Alors que je me penchais sur le pare-brise pour essayer d'évaluer l'état de la cabine, je me suis retrouvé face à face avec une jeune femme dépoitraillée, un bébé minuscule vissé au sein. J'ai rougi violemment, mais la fille s'est contentée de m'adresser un sourire béat.

La porte arrière a coulissé et un grand échalas est apparu, un mètre quatre-vingt-dix, cheveux aux épaules, un imposant crucifix en bronze se balançant sur son torse. Il est resté debout à côté du bahut, sans un geste, fixant sur moi un regard vide qui semblait venir des tréfonds du néant et qui m'a aussitôt rendu très nerveux.

— Pardon d'avoir secoué votre véhicule comme ça, ai-je dit. Je ne savais pas que vous étiez dedans.

Aucune réaction de l'individu. On aurait dit un rescapé de Jonestown. Enfin, il s'est décidé à parler :

— Vingt-cinq patates. (Il a fait un pas dans ma direction.) Vingt-cinq patates, a-t-il répété en approchant son visage si près du mien que mes yeux se sont retrouvés à examiner ses fosses nasales envahies par une forêt tropicale de poils. C'est son prix. Deux, cinq, zéro, zéro.

J'ai reculé d'un pas.

— Euh… Qu'est-ce qui vous fait penser que je voudrais l'acheter ?

— Tu le veux. Je le vois.

— C'est OK, si je jette un coup d'œil ?

— Pas la peine. Il est impeccable.

— Un véhicule de dix-neuf ans n'est jamais impeccable.

— Celui-là a vingt ans. Année de fabrication un, neuf, sept, deux. Et il est impec.

— Je ne vais certainement pas l'acheter sans vérifier le moteur.

— Tu veux savoir quoi ?

— Eh bien… combien il a au compteur, par exemple.

— Trois, un, huit.

— Hein ? Trois cent dix-huit *mille* ?

— C'est ce que j'ai dit.

— Il est dans sa dernière ligne droite, alors.

— Moulin refait, carburateur neuf, amortisseurs neufs, radiateur neuf, cuisinière neuve à l'arrière, matelas des couchettes neufs. Et il est béni, aussi.

— Il est… ?

— Béni, ouais. Il a fait deux fois le tour complet du pays et pas une seule interférence satanique, jamais.

— Pas une seule quoi ?

— Interférence satanique : panne d'allumage, surchauffe, embrayage foutu…

— Un embrayage foutu, c'est une interférence satanique ?

— Satan cherche toujours à barrer la route à un messager de Dieu.

— Ah, c'est votre job, alors ?

— Je transmets la parole de Jésus-Christ, ouais.

29

— Dans quelle paroisse ?

— Là, a-t-il fait en montrant l'immensité désertique au-delà de la ville. Cinq ans que je parcours le bush en répandant la bonne parole.

— Vous appartenez à… une sorte d'Église ?

— La mienne, ouais. L'Église apostolique de la foi inconditionnelle. Tu sais ce que c'est, la foi inconditionnelle, mon frère ?

— Je n'irais pas jusqu'à dire que oui.

Relevant la manche droite de sa chemise, le fondateur et sans doute l'unique prêtre de l'Église apostolique de la foi inconditionnelle m'a montré son bras marqué par une demi-douzaine de vilaines cicatrices laissées par des morsures.

— T'as jamais entendu parler du roi brun ?

— Euh, non…

— Le serpent le plus vicieux du bush. Le mulga, il te plante ses crochets dans la peau et t'es mort en une heure. Moi, j'ai été mordu trois fois et je suis toujours là ! Tu veux savoir pourquoi ? La foi inconditionnelle ! « *Ils saisiront des serpents, et s'ils boivent quelque breuvage mortel il ne leur fera point de mal.* » Marc, 16, verset 18. Tu vois où je veux en venir ? Tu piges ce que j'essaie de partager avec toi ?

— Je… je crois, oui.

— Pourquoi tu achètes ce bahut ?

— Je n'ai pas dit que je l'achetais, je…

— Tu l'achètes ! Pourquoi ?

— Pour… me balader. Aller à Perth, je pense. C'est tout.

— Tu sais dans quoi tu vas partir, mon frère ? Dans un désert maléfique et païen que Dieu a créé pour mettre à l'épreuve ses ouailles. Alors laisse-moi te donner un petit avis spirituel, mon frère : tu te risques sur ces territoires du mal sans la foi inconditionnelle, et tu te fais bouffer. Bouffer tout cru !

Me détournant du charmeur de serpents siphonné, j'ai contemplé un instant la nature qui encerclait Darwin. D'ici, elle avait l'air à peu près aussi menaçante qu'un jardin public de banlieue tropicale, avec sa végétation exubérante d'un vert rafraîchissant. Les élucubrations de ce prophète à la noix avaient assez duré : il était temps de regarder sous le capot.

— Comme je l'ai dit, ai-je déclaré d'un ton plus assuré, vous voulez me vendre le minibus, vous me laissez l'inspecter. C'est ça ou rien.

Un abîme de silence s'est ouvert entre nous pendant que le miraculé du bush réfléchissait. Soudain, il a tapé sur un carreau en criant :

— Bethsabée, sors de là et apporte ma trousse à outils !

La portière arrière s'est rouverte et Bethsabée s'est montrée, le bébé minuscule sur un bras, une boîte à outils rouillée sous l'autre. Une croix identique à celle de l'illuminé tressautait entre ses seins maintenant couverts. Elle m'a offert un nouveau sourire.

— B'jour, mon frère.

Après lui avoir pris la boîte, son mari lui a désigné d'un doigt un coin d'ombre sous un palmier et, d'un ton sec :

— Assis là-bas !

Toujours souriante, elle s'est exécutée, installant le nouveau-né dans son giron. Le charmeur de serpents a déposé les outils à mes pieds.

— Au boulot, toi.

Il se trouve que les moteurs à combustion n'ont plus guère de secrets pour moi depuis que j'ai suivi un cours du soir en mécanique du temps où je vouais une passion à ma très regrettée Volvo ; je me suis donc livré à une autopsie en règle du minibus durant les deux heures suivantes. J'ai palpé les soupapes, exploré les mystères du vilebrequin, vérifié que l'alternateur, le carburateur et le delco étaient en mesure de supporter une nouvelle traversée du bush. C'était un travail fastidieux et salissant, que l'ascension d'un soleil implacable dans le ciel rendait encore plus déplaisant. Plus encore que par la chaleur, j'étais réellement agacé par la présence silencieuse mais insistante de M. Foi inconditionnelle et de son épouse, qui ne me quittaient pas un instant de leurs yeux vides tandis que je disséquais leur véhicule, aussi immobiles que s'ils avaient basculé dans je ne sais quelle quatrième dimension spirituelle. Avoir une paire de zombies qui vous fixent de la sorte pendant tout ce temps était assez déstabilisant, je dois dire, mais cela m'a aussi encouragé à terminer mon inspection au plus vite, à allonger la somme requise et, enfin, à pouvoir dire adieu à ces deux mutants.

Le minibus était dans un état correct, heureusement. Le moteur émettait un ronronnement rassurant, les bougies et les vis platinées avaient été changées récemment, le réglage paraissait bon et toutes les autres pièces mécaniques m'inspiraient confiance. Même l'habitacle, à l'arrière, avec ses deux couchettes étroites, son réchaud et son frigo de poche alimenté par une batterie, était d'une propreté acceptable. J'estimais que je pourrais en obtenir à peu près ce que j'allais payer en le revendant à Perth, si j'en prenais raisonnablement soin sur la route. Ouais, ça pourrait aller.

— OK, mon révérend, ai-je lancé en refermant énergiquement le capot, parlons peu mais parlons bien, maintenant.

— Deux, cinq, zéro, zéro. C'est le prix. C'est ce que tu vas payer.

— Personne ne paie jamais le prix demandé, dans une vente de voiture.

— Tu le veux, tu paies ce que je dis.

— Bon, on oublie, alors.

— Parfait. Bethsabée ! on s'en va !

Ils se sont levés et sont allés s'asseoir à l'avant du minibus. Je n'en croyais pas mes yeux. Ce connard était vraiment prêt à démarrer.

— Hé, une minute ! ai-je crié. Quoi, on peut pas arriver à un compromis ?

— Les messagers de Dieu ne font pas de compromis.

Sur ces mots, le charmeur de serpents a abaissé le frein à main et s'est mis à rouler lentement pendant que l'imbécile indécrottable que je suis se mettait à galoper à sa hauteur en frappant sur sa portière et en braillant :

— D'accord, d'accord, j'accepte le prix, bon sang !

Trois heures après – le temps d'aller changer une liasse de chèques de voyage, de passer chez un assureur et d'accomplir le pèlerinage obligatoire au bureau des immatriculations –, j'étais le nouveau propriétaire du minibus. À mon retour, j'ai découvert le couple et le marmot sous le même palmier. Ils avaient nettoyé l'habitacle de fond en comble et réuni toutes leurs affaires dans deux sacs marins posés contre une portière. L'estomac noué, j'ai tendu au prédicateur vingt-cinq billets de cent dollars qu'il a comptés et recomptés avant de me tendre le trousseau de clés. Un crucifix en bronze y était attaché.

— Quel est votre programme, maintenant ? me suis-je enquis.

— Mission évangélique à Darwin. Cette ville a grand besoin de nous.

— Vous allez bien marcher, ici. Très bien. Surtout le truc du serpent. Ça devrait avoir un grand succès, ça.

— Que Sa volonté soit faite.

— Ah, une dernière chose ! C'est vous qui l'avez peint, le camouflage ?

— Oui, c'est nous.

— Je peux vous demander pour quelle raison ?

— Pour que Satan nous voie pas arriver, tiens !

Et les membres adultes de la congrégation de l'Église apostolique de la foi inconditionnelle, saisissant chacun un gros sac, se sont éloignés à pas lents sous le soleil accablant de la mi-journée.

4

J'avais quitté Darwin depuis deux heures quand j'ai écrasé mon premier kangourou. Il faut dire qu'il faisait nuit, la nuit la plus noire dans laquelle je me sois jamais risqué. Ayant grandi dans le Maine profond, j'avais l'habitude de circuler en rase campagne une fois le soleil couché, mais le contexte était très différent. Ici : pas de lune, pas de lumières pour éclairer la route, pas de phares de voitures venant en sens inverse, pas même une lueur venue des étoiles, cachées par les nuages. Ténèbres impénétrables. Tous les deux kilomètres environ, cependant, les pinceaux du minibus attrapaient deux braises, qui semblaient flotter dans l'obscurité insondable à quelque distance de la chaussée, et alors mes mains se crispaient un peu plus sur le volant, car il y avait quelque chose en train de m'observer, par là.

Soudain, il y a eu un grand bruit mou, un choc qui m'a projeté contre le volant. L'avant du véhicule avait percuté une masse que je n'arrivais pas à distinguer, et la collision avait aussi déclenché le klaxon, dont le hululement ne s'arrêtait plus. Affolé et choqué, je me suis rué sur la poignée pour sortir de là. Mauvaise idée : mon pied droit est aussitôt entré en contact avec la cause de l'accident, le corps désormais sans vie d'un kangourou d'un mètre cinquante de long. En essayant frénétiquement de me dégager de sa carcasse, j'ai atterri dans la mare de sang qui s'était formée autour de l'animal, les semelles de mes chaussures de sport ont patiné sur sa surface gluante et je suis tombé en arrière, le cul sur le macadam. À deux ou trois côtes fêlées, je pouvais maintenant ajouter un coccyx meurtri. Me relever n'a pas été facile, mais je préférais encore la douleur venue de mes multiples contusions à la perspective de rester affalé à côté d'une bestiole au cou fracassé qui continuait à se vider de son sang en jets saccadés par les naseaux.

Après être remonté dans la cabine en chancelant, j'ai exhumé ma torche électrique pour constater les dégâts. Le verre du phare droit était fendu, le parechocs avant partiellement enfoncé, et c'était tout. Au vu des statistiques sur les collisions avec des kangourous, j'avais eu de la chance. Sans doute avais-je touché l'animal alors qu'il était en plein bond, ce qui l'avait empêché de passer sous le véhicule ; si je l'avais atteint de plein fouet, le minibus aurait certainement été transformé en accordéon. Chanceux ou pas, j'étais furieux. Contre moi. Pour n'avoir pas respecté l'une des grandes règles de l'outback : « Ne jamais prendre la route après la tombée de la nuit. » Tous les guides de voyage que j'avais consultés répétaient cet avertissement, de même qu'ils insistaient sur le vrai danger que représentaient les kangourous pour les automobilistes après le coucher du soleil. Mais moi, j'avais oublié tous ces conseils dans ma hâte imbécile à quitter Darwin, tout comme je ne m'étais pas donné le temps de m'habituer à la conduite à gauche, cette bizarrerie laissée aux Australiens par l'Empire britannique. Non, il avait fallu filer au sud tout de suite ! Passer prendre mes bagages au motel, acheter des provisions et me lancer sur la grand-route à peine une heure après avoir pris possession du minibus ! Encore un coup de tête irraisonné, encore un foirage monumental…

Comme le hululement continu du klaxon n'améliorait en rien mon humeur, je suis allé prendre la boîte à outils, j'ai ouvert le capot et j'ai farfouillé dans le moteur jusqu'à trouver l'origine du vacarme, une patte de métal tordue par le choc qui pesait sur le câble. Pressé d'en finir, je l'ai attrapé d'une main, j'ai saisi la paire de tenailles de l'autre et, tenant ma torche entre les dents, j'ai coupé rageusement le filin torsadé.

Silence. Complet, caverneux, le genre de silence qui vous amène à penser que vous êtes le seul être encore vivant sur Terre. Il ne mettait pas à l'aise, mais pas du tout, ce silence sans limites. Parce qu'il me rappelait que je me trouvais maintenant au pays de Nulle Part.

J'ai grimpé à nouveau dans le minibus, que j'ai redémarré pour le garer correctement au bord de la route. Après avoir coupé le contact, je me suis glissé à l'arrière. J'ai allumé la lampe à pétrole que j'avais achetée à Darwin, gratté une seconde allumette pour me fumer une cigarette. J'ai avalé la fumée à pleins poumons et… je me suis plié en deux de douleur. C'était comme si un boxeur venait de m'expédier un direct en pleine poitrine. Spectaculaire. J'ai arraché ma chemise et baissé les yeux sur les deux énormes bleus qui ornaient maintenant mon thorax. On aurait dit deux planches dans un test de Rorschach : « Ces taches d'encre vous font penser à quoi, monsieur Hawthorne ? — À un abruti dans un minibus qui vient de se prendre un kangourou. »

Il n'y avait pas de sparadrap dans la trousse de secours, ni de glaçons dans le freezer riquiqui en haut du frigo. Prenant deux canettes de Swan Export, j'en ai posé une sur mon thorax pendant que je vidais l'autre d'une seule traite glouglouttante. Ensuite, j'ai avalé trois cachets d'aspirine que j'ai fait descendre avec une autre bière. Une troisième et la douleur a commencé à s'estomper, une quatrième et elle est partie voir ailleurs, une cinquième et j'ai été bon pour m'écrouler sur l'une des couchettes, K-O.

Je me suis réveillé un peu avant l'aube. Le cocktail bière-aspirine ayant cessé de faire effet, j'avais très mal. Une souffrance en quadriphonie assourdissante, venue à la fois des deux côtés de ma cage thoracique, de mon postérieur et maintenant de ma tête torturée par la gueule de bois. Je suis resté étendu, vautré dans mon malheur. Le matin le plus merdique de toute mon existence. Je voulais mourir. Tout de suite.

Ce désir d'une fin rapide a néanmoins été supplanté par un besoin beaucoup plus naturel et plus pressant – celui de pisser –, et j'ai donc passé dix minutes à me demander lequel des deux maux était le pire, entre me forcer à me lever au prix de terribles souffrances ou rester immobile avec la vessie sur le point d'exploser. Cette dernière a remporté le débat, me poussant à commencer le compte à rebours. Cinq, quatre, trois, deux, un… La portière arrière du minibus s'est ouverte en grand et un jet impétueux d'urine qui n'en finissait pas est allé baptiser l'argile de l'outback.

Il n'y avait rien de génial à osciller sur mes pieds en me battant contre mon corps perclus de crampes ni, une fois sorti, à poser mon regard sur le kangourou trucidé, ses yeux vitreux fixés sur moi avec une expression de reproche affligé, tandis qu'au-dessus de nous deux vautours en vol de reconnaissance étudiaient la possibilité de s'offrir un kangourou au petit déjeuner. J'ai observé ces goinfres volants tourner dans la pénombre, car le ciel demeurait une toile opaque seulement percée d'un point de lumière tout à l'est. Puis le point s'est agrandi, s'est transformé en un disque de métal fondu, a réveillé la nuit, et l'horizon noirci s'est ouvert en deux pour céder la place à la férocité du soleil matinal.

J'ai éperdument cligné des yeux dans l'éclat de l'astre montant, et, quand ils se sont habitués à cette explosion de lumière, je suis resté bouche bée en découvrant ce qui m'entourait.

Un univers voué au rouge, un rouge aride comme du sang séché. De la terre écarlate et des buissons épineux de la même couleur, à perte de vue. J'étais sur un plateau aux dimensions insondables. Je suis allé me planter au milieu de la route pour regarder dans toutes les directions, nord, sud, est, ouest. Pas une maison, pas un poteau télégraphique, pas une affiche publicitaire, pas un panneau de signalisation… À part le ruban de macadam sur lequel je me trouvais, il n'y avait aucune preuve que l'homme ait eu connaissance de ce territoire. Un pays nu sous le ciel d'un bleu solide, affolant par sa taille, hypnotisant par sa monotonie primitive.

Dans quel siècle étais-je ? Ou plutôt, dans quelle ère géologique ? On parlait paléozoïque, là. On parlait Genèse, chapitre 1, verset 1.

Quand j'ai quitté la route et tenté de faire quelques pas dans le bush, j'ai eu l'impression d'enfoncer un orteil aventureux dans un océan qui pouvait très bien m'engloutir tout entier. Le sable brûlé craquait sous mes semelles tandis que je contournais des touffes de triodia, une plante du désert qui faisait vaguement penser à un cactus anorexique. Elles parsemaient toute l'immensité devant moi, végétation assoiffée qui faisait moutonner l'horizon plat. J'aurais pu continuer à marcher ainsi pendant douze heures, droit devant moi, sans quitter cette même parcelle de bush. C'était certain. Parce que je me trouvais dans l'équivalent géographique de l'infini.

Et au bout de ces douze heures, quand le soleil aurait décliné sur ce pays sidérant, je serais mort de soif.

C'était une perspective assez flippante, cette idée que la destination finale, dans n'importe quelle direction, était la mort. Elle m'a poussé à tourner les talons et à revenir au havre relatif du minibus. Sous le soleil qui mettait la pression, j'avais la gorge parcheminée par la gueule de bois ; le tee-shirt et le jean dans lesquels j'avais dormi commençaient à se fondre dans ma chair surchauffée et, une fois parcourue cette courte distance, toutes mes contusions s'étaient réveillées. Une collation anesthésiante s'imposait. Trois aspirines, deux canettes de Swan. Un bon bain, maintenant : après m'être déshabillé, j'ai rempli un seau en plastique avec l'eau teintée de rouille d'un jerrican et je l'ai renversé sur ma tête. Fin des ablutions.

Ayant revêtu un tee-shirt et un short propres, je me suis glissé sur le siège du conducteur, j'ai ajusté la ceinture de sécurité pour qu'elle ne fasse pas trop pression sur mes bleus et je me suis préparé à repartir. Avant de démarrer, j'ai laissé encore mon regard errer sur le bush, dont je venais de fouler une infime partie. C'était ça que j'étais venu voir, non ? Un paysage préhistorique aussi formidable qu'effrayant. Le commencement du monde… ou sa fin. Un vide au diapason de celui qu'il y avait en moi.

Maintenant que je l'avais vu, que j'avais reçu la preuve irréfutable et tangible de ma totale insignifiance dans ce monde… c'était suffisant. Pas besoin de s'appesantir. L'outback ? Je connaissais, merci. Pendant quelques instants enivrants, un rêve éveillé s'est formé dans ma tête : retourner dare-dare à Darwin, appeler la rédaction de *La Vigie d'Akron*, dans l'Ohio, les convaincre de me redonner le poste que j'avais refusé, puis revendre le minibus à quelque cinglé voulant lui aussi répondre à l'appel des grands espaces, avant de sauter dans le premier avion en partance pour les States. Si je mettais ce fantasme en pratique, c'était la débinade parfaite, un scénario qui confirmerait tous les traits de caractère que j'avais toujours craint d'avoir : mon incapacité crasse à mener n'importe quel projet jusqu'au bout, mon provincialisme indécrottable, ma peur de tout ce qui dépassait les limites étriquées de mon expérience. Pendant un quart d'heure, moteur au point mort, j'ai tenté de me convaincre que je pouvais vivre avec cette image de moi. Mon dilemme était d'ordre géographique : au nord la routine, au sud l'inconnu. Je voulais le nord. À la place, j'ai passé la première et j'ai laissé le minibus continuer à dériver vers le sud.

Comme je m'éloignais, j'ai jeté un coup d'œil dans le rétroviseur au moment même où deux vautours s'abattaient sur le kangourou, lui arrachaient chacun un œil et reprenaient lourdement leur vol. Je n'ai plus regardé en arrière, après ça.

J'ai roulé des heures sans rien voir d'autre que la même étendue de bush sans fin. À midi, j'avais bouffé plus de quatre cents kilomètres de géographie sans croiser un seul autre véhicule. Comme la chaleur devenait démente, je me suis dit qu'il était temps de mettre l'aération en marche. Mal m'en a pris : au lieu de faire circuler l'air dans l'habitacle, les grilles d'aération se sont mises à cracher la poussière rouge de la route, dont j'ai bientôt été couvert. J'ai pensé m'arrêter pour ouvrir le capot et voir ce qui clochait dans le ventilo mais je me suis ravisé : une réparation même rapide dans cette fournaise finirait sans doute par nuire à ma santé. J'ai continué. Mêlé à ma sueur, le sable rouge formait des rigoles de boue sur mes bras.

Une centaine de kilomètres plus loin, et alors que j'étais tellement déshydraté que mon cerveau semblait avoir subi un nettoyage à sec, j'ai aperçu au loin une vision bienvenue. Une station-service. La première depuis mon départ de Darwin. Elle se réduisait à une sorte de bunker en préfabriqué avec deux pompes devant mais, après une nuit et une matinée dans l'extrême dépouillement de l'outback, la moindre trace de génie humain – y compris des chiottes en béton – suffisait à me remonter le moral.

Planté sur le seuil, le patron était à l'image de son bunker : trapu, carré, avec une barbe naissante permanente. Son tee-shirt semblait faire office d'essuie-tout.

— Salut, a-t-il dit d'une voix éteinte.

— Bien le bonjour. Vous auriez une douche dont je pourrais me servir ?

— C'est dix sacs.

— Dix dollars pour une douche ?

— C'est ce que j'ai dit.

— Mais c'est de la folie !

— Vous pensez comme ça, vous attendez jusqu'à Kununurra.

— C'est quoi, Kunu… Kununurra ?

— La prochaine ville. Le prochain coin où y aura une douche.

— C'est à combien ?

— Dans les six cents bornes.

— C'est une blague ?

— Continuez et vous verrez par vous-même.

La perspective de mariner cinq heures supplémentaires dans mon sable n'étant guère agréable à imaginer, j'ai allongé les dix dollars.

— La douche est là-bas derrière, près de la pissoire, m'a-t-il appris. Vous voulez l'plein ?

— Oui. Et vérifiez l'eau et l'huile, pendant que vous y êtes.

Il s'est traîné jusqu'au minibus, lorgnant le verre explosé du phare et le pare-chocs enfoncé.

— Vous vous êtes payé un kangou ?

La douche était un cube à ciel ouvert installé à côté d'une sorte d'auge servant de pissotière. Des mégots de cigarettes s'accumulaient depuis dix ans ou plus dans la bonde. La puanteur était telle que j'ai dû retenir ma respiration en me plaçant sous la pomme. Enfin, il y avait de la pression, au moins… Trop, même. Cette pluie violente a réveillé la douleur dans mes côtes, m'obligeant à abréger ce moment que j'avais tant attendu. Après avoir renfilé mon short et mes chaussures, je suis retourné tout mouillé à mon véhicule. Un vieil Aborigène était installé sur le siège passager. Il semblait s'être assoupi, ses pieds nus poussiéreux posés au-dessus de la boîte à gants.

— Hé, qu'est-ce qu'il fait dans mon bahut, celui-là ?

La tête du patron a émergé de sous le capot. Son regard est tombé sur les bleus violacés qui ornaient mon thorax.

— Vous vous êtes vraiment payé un kangou, hein ?

— J'ai dit : « Qu'est-ce que fiche ce type endormi dans mon bahut ? »

— Lui ? C'est Titus. Il est de par ici. Il doit descendre dans le sud.

Titus a ouvert un œil en guise de salut, l'a refermé et s'est remis à siester.

— Eh bien, c'est sympa de m'avoir demandé mon avis.

Refermant le capot, le pompiste a essuyé ses mains graisseuses sur son tee-shirt.

— Il vous a un peu esquinté le système de ventilation, ce kangou…

— Sans blague ? Vous n'auriez pas une grille de radiateur en rab, par hasard ?

— Kununurra, c'est là que vous en trouverez une. Kununurra, c'est là qu'on trouve tout.

— Six cents kilomètres, vous avez dit ?

— Ouais, six cents bornes. Vous devriez être rendu avant la nuit. Si vous vous payez pas un autre kangou.

— Combien je vous dois pour le plein ?

— Quarante-deux.

— Ah, vous recommencez à me charrier !

— Matez la pompe, si vous m'croyez pas.

— Quarante-deux dollars pour un plein ? C'est grotesque !

— Non, mec, c'est le prix.

J'ai payé le pourceau et je suis reparti. Titus n'est pas sorti de son coma. Il devait avoir dans les soixante-cinq ans, avec des traits plus burinés que ceux d'un bas-relief. J'ai fini par tenter d'engager la conversation :

— Alors, vous allez où ?

Il a soulevé une paupière féline, aussi rapidement que la première fois.

— Par là, devant.

— Mais loin comment, « par là » ?

44

— J'te dirai quand tu devras t'arrêter.

— C'est gentil.

— T'es de la côte Est, pas vrai ?

— Pardon ?

— T'es de Nouvelle-Angleterre. Du Maine, peut-être ?

Je lui ai lancé un regard stupéfait.

— Vous… Vous êtes allé là-bas ?

— Jamais quitté le Territoire-du-Nord.

— Mais comment avez-vous reconnu mon accent ?

— J'écoute les voix, c'est tout.

Il a refermé les yeux et il s'est remis à pioncer, m'interdisant de poursuivre cet échange. Un quart d'heure plus tard, il s'est ébroué et redressé :

— Je descends ici.

Nous étions toujours en plein bush, sans une habitation à des kilomètres à la ronde.

— Vous êtes sûr ? ai-je soufflé en garant le minibus sur le bas-côté.

— Sûr.

— Mais vous allez où, exactement ?

Il a pointé un pouce vers la plaine sans limites.

— Par là-bas.

— Mais qu'est-ce qu'il y a, par là-bas ?

— Rien qui peut t'intéresser.

Il a ouvert la portière puis, les pieds plantés dans la poussière rouge, a ajouté :

— Un p'tit conseil, mon gars. Va jamais par là-bas. Reste sur la grand-route.

— Qu'est-ce que vous voulez dire ?

— J'veux rien dire. J'te dis juste de pas sortir des sentiers battus. Reste sur le bitume et tout ira bien.

— Mais… pourquoi ?

— Pasque t'es un gars d'la grand-route, voilà pourquoi.

Il a tourné les talons et il est parti à grands pas à travers les buissons. Je l'ai suivi d'un regard envieux. Quelqu'un qui pouvait être aussi à l'aise au milieu d'une vacuité pareille, c'était admirable.

« T'es un gars d'la grand-route. » Il m'avait cerné en une seconde, le vieux salaud !

Les cinq heures suivantes, j'ai fait exactement ce qu'il avait dit : je n'ai pas quitté le macadam jusqu'à ce qu'il me ramène à un semblant de civilisation.

5

Dans la bonne ville de kununurra, j'ai trouvé une grille de radiateur, une bande élastique pour mes côtes et une douche municipale où le jeton ne coûtait qu'un dollar.

J'en ai pris trois, ce jour-là et ceux qui ont suivi. Trois lavages-rinçages quotidiens afin de décoller de ma peau la poussière et la puanteur tenaces de l'outback. J'étais soudain obsédé par la propreté. C'était un moyen de maintenir une certaine discipline dans un contexte où celle-ci manquait singulièrement. Car l'ambiance de cette bourgade perdue vous encourageait plutôt à vous négliger, à vrai dire. Un alignement graisseux de magasins, de gargotes et de bars, le tout en préfabriqué, paumé au milieu du bush. On n'était pas censé s'attarder, ici : c'était un arrêt pour routiers et routards, un endroit où l'on reconstituait ses réserves de provisions et de contacts humains avant de disparaître à nouveau dans le vide rouge.

J'y suis pourtant resté près d'une semaine, après avoir garé mon minibus dans un camping en pleine ville. J'avais commencé par me persuader que j'avais besoin de souffler un peu après l'incident du kangourou. Après quatre jours, les taches d'encre sur mes côtes

47

avaient presque disparu et mon coccyx avait dû se ressouder, puisqu'il ne me faisait plus mal. « OK, je vais traîner encore une journée », ai-je pensé, en vérité pas trop pressé de plonger à nouveau dans le bush, mais après ce délai je me suis encore accordé quarante-huit heures de répit. « Jusqu'à ce que tu sois complètement remis », me suis-je recommandé. J'ai donc poursuivi ma convalescence à l'arrière du bahut, puisant dans le tas de vieux romans policiers que j'avais achetés dans une brocante, ne mettant le nez dehors que pour aller me chercher de la bouffe en boîte et effectuer mon triple pèlerinage quotidien aux bains publics.

Six jours après mon arrivée à Kununurra, la responsable du camping est venue me communiquer mon avis d'expulsion.

— Demain, ça fera une semaine que vous z'êtes là, a-t-elle annoncé. Personne peut rester plus de sept jours ici, alors va falloir tailler la route.

La cinquantaine fatiguée, elle avait une clope vissée aux lèvres et une peau qui semblait sortir d'une mauvaise tannerie. Je me suis demandé si elle était corruptible.

— Il n'y a pas moyen de faire une petite entorse au règlement ? ai-je suggéré avec suavité.

— Rien du tout, mon gars.

— Écoutez, c'est que je dois me reposer, après un… accident que j'ai eu.

— Z'avez pas l'air accidenté, pour moi.

— Allez voir l'avant du minibus, si vous ne me croyez pas.

Elle est allée jeter un bref coup d'œil aux dégâts. J'avais changé la grille du radiateur mais le pare-chocs restait salement cabossé.

— Un kangou, c'est ça ? s'est-elle enquise d'un ton méfiant.

— Voilà.

— J'parie que vous rouliez de nuit. (J'ai regardé mes chaussures.) Y a que les branquignols pour rouler d'nuit. Et les branquignols, y z'ont pas ma sympathie.

J'ai brandi un billet de vingt dollars.

— Vous rigolez ou quoi ?

J'en ai sorti un second. Elle me les a pris avec une vivacité de rapace.

— Ça vous paie trois nuits à partir de demain. Ensuite, vous dégagez.

— Excellente journée à vous, ai-je lancé en lui refermant la portière du minibus au nez.

Pute nazie du bush ! Gestapiste de camping ! Je me suis brusquement interrompu dans mes invectives, pris d'un doute dérangeant. Est-ce que cette mégère n'avait pas mis le doigt sur un vrai problème ? Est-ce que je n'étais pas en train de trop m'attarder ici ? D'autant que Kununurra n'avait aucun attrait particulier pour moi, sinon le simple fait d'être… une ville. Oui, il fallait reconnaître que, après ma première virée dans le bush, j'avais soif d'environnement urbain même aussi peu sophistiqué que celui de Kununurra. Une ville, c'est d'abord un espace où les distractions abondent, loin des immensités insondables qui vous obligent à vous regarder en face. Le vrai danger de l'outback, je commençais à l'entrevoir : sa vacuité ne faisait qu'aiguiser le manque d'assurance qui pesait sur chacune de mes décisions, chacune de mes initiatives. Autant oublier toutes ces foutaises à propos des hésitations et des contradictions dissipées par le seul spectacle de la majesté de la nature ! Au contraire, celle-ci amplifie toutes nos insécurités, toutes nos tendances à l'autodénigrement, parce qu'elle nous dit carrément et nous répète que nous ne sommes rien. Mieux vaut rester en ville, où les petites certitudes abondent et où, surtout, on n'est jamais forcé de rester seul avec soi-même.

Mais si j'hésitais à quitter le petit monde rassurant de Kununurra, l'idée d'y traîner encore sans véritable but me gênait considérablement. C'était une appréhension mal définie, dont je n'arrivais pas à préciser la source : l'impression étrange d'être en train de taper l'incruste, tout bêtement. « Reprends la route, mec, ou tu vas prendre racine ici ! » « OK, OK, accorde-moi encore trois jours sans bush et c'est bon. » Trois jours de plus, neuf douches de plus.

Au matin du quatrième jour, je suis allé m'asperger une dernière fois aux bains-douches municipaux. Je suis resté près d'une demi-heure sous l'eau revigorante, ne la quittant qu'à regret. À mon retour au camping, j'ai trouvé la gérante appuyée à mon minibus, saupoudrant le capot des cendres de sa cigarette.

— J'avais dit que j'voulais vous voir parti ce matin, a-t-elle attaqué.

Je l'ai contournée pour ouvrir la portière et me mettre au volant.

— Je suis parti, ai-je répliqué en lançant le moteur.

— Et vous allez où ? a-t-elle voulu savoir.

— Le plus loin possible de vous ! ai-je crié en démarrant.

À vrai dire, je ne savais pas réellement où j'allais. La prochaine ville au sud, Broome, était à peine à mille kilomètres. D'ici là, il y avait deux hameaux négligeables et plein de désert. En roulant sans arrêt au cours des huit heures suivantes, je serais peut-être capable d'atteindre, au crépuscule, le premier de ces deux points sur la carte. Et après ? Je réfléchirais à cette petite question le lendemain. Pour le moment, ma logique était la suivante : tout ce que je demandais, c'était d'arriver avant la nuit dans un coin doté d'une certaine présence humaine.

J'ai fait halte à une station-service juste à la sortie de Kununurra. Pas vraiment utile puisque j'avais fait le plein la veille, mais en voyant le panneau à l'entrée qui indiquait « DERNIER POSTE À ESS. AVANT 400 KM », j'ai été assailli par des visions du minibus en panne sèche dans la nuit du bush, même si je savais qu'il pouvait assurer près de cinq cents kilomètres avec un plein. J'ai donc préféré jouer la prudence en remplissant mon jerrican à ras bord.

Après m'être servi, je suis allé me garer un peu plus loin et j'ai plongé sous le capot. Certes, j'avais conscience de frôler la monomanie avec mes vérifications mécaniques incessantes, mais je ne voulais prendre aucun risque avant de m'enfoncer à nouveau dans le bush. Près de dix minutes se sont écoulées ainsi. Relevant la tête, j'ai remarqué une fille assise sur le bord de la route, de l'autre côté de la station, qui me regardait avec insistance. Une belle plante solidement charpentée, vingt ans et quelques, cheveux blond vénitien coupés court, un bronzage qu'elle avait dû dégoter au berceau. Une allure sixties en diable : tee-shirt teint à la main, short en jean effiloché, tongs de plage, vieux sac à dos militaire avec l'emblème pacifiste cousu sur le rabat. Très « Woodstock, nous voilà ! », à part qu'elle était sans doute née cinq ou six ans après le fameux rassemblement.

— Hé, ho ! s'est-elle écriée quand mon regard a croisé le sien, tu vas vers l'est ?

— Ouais… Mais ce côté de la route, c'est pour retourner en ville, non ?

— J'ai changé d'avis.

Elle s'est levée pour traverser la chaussée. J'avais maintenant devant moi une vraie Walkyrie du surf : elle approchait le mètre quatre-vingts, tout en muscles, avec des mains vigoureuses qui paraissaient accoutumées aux travaux pénibles. Pas le genre de fille à qui on voudrait chercher la bagarre, assurément, mais plutôt séduisante dans le style amazone du bush.

— Moi, c'est Angie, s'est-elle présentée en m'écrasant les doigts avec une poigne de physiothérapeute.

— Nick, ai-je articulé en retirant ma main.

— T'es américain, Nick ?

— En effet.

— Jamais connu d'Américain jusqu'ici.

— Hein ? Pas possible !

— Là d'où je viens, il passe point trop d'Amerloques, tu sais.

— Et c'est où ?

— Une petite ville. Wollanup, ça s'appelle.

— Jamais entendu parler.

— C'est pas grand du tout, j'ai dit. Dans les quatorze cents bornes au sud-ouest d'ici. En plein dans le Cœur sans vie.

— Le « Cœur sans vie » ?

— Ouais, le centre de l'Australie, où y a rien du tout. Whoop-whoop, quoi.

— « Whoop-whoop » ?

— Mais ouais, le putain de désert, mec ! Le whoop-whoop, le *never-never*, le que-de-chie total, là où personne vit.

— À part vous… toi.

— Jamais vécu ailleurs, oh non ! Jamais voulu, vu qu'c'est trop chouette, Wollanup. Une ancienne ville minière en plein Nulle Part. On n'est que cinquante-

52

trois, nous autres, et le bled suivant est à quatorze cents bornes.

— Ç'a l'air génial.

— Ça l'est !

— C'est de là que tu arrives ?

— En gros. J'suis sur la route depuis une paire de semaines. Histoire de me balader un brin.

— Moi aussi.

— Et là, tu vas où ?

— Du côté de Broome, je pense.

— Alors c'est là que j'vais aussi.

Elle a ouvert l'arrière du Volkswagen et jeté son sac à l'intérieur.

— Spécial, ton VW. T'es dans l'armée ?

— Non.

— Pourquoi il est tout peintouillé comme ça, alors ?

— Pas ma faute. C'est le gus à qui je l'ai acheté qui a choisi la couleur.

— Il a de la merde à la place du cerveau, alors.

Je lui ai souri.

— T'as tout compris.

— Bon, c'est Broome, donc ?

— Pourquoi ce changement de cap ?

Elle m'a décoché un coup de poing taquin dans l'épaule.

— Pasque c'est par là que tu vas.

En deux secondes, elle avait pris place sur le siège passager et refermé la portière. Je me suis dit que si c'était un plan drague, cette nana méritait la médaille d'or de la rapidité, et, sinon… eh bien, je ne serais pas tout seul dans le bush, au moins.

— OK, ai-je dit en me casant derrière le volant et en démarrant. En avant pour Broome.

Nous avions parcouru moins d'un kilomètre lorsque Angie s'est tournée vers moi :

— Dis voir, Nick, tu fais pas dans les bondieuseries, au moins ?

— Mais non !

— Alors, c'est quoi, ce porte-clés de naze ?

— Ah, tu veux dire la croix ? Elle est venue avec la caisse.

— D'accord !

Elle a extirpé de sa poche un paquet de tabac et des feuilles à rouler. Tout en se préparant une cigarette, elle a continué :

— C'est que j'aime pas les fous d'Jésus, moi.

— Tu en connais beaucoup ?

— Jamais croisé un de ma vie. On en a pas, à Wollanup.

— Oh, n'importe quelle ville a au moins un ou deux cinglés qui roulent pour Dieu.

— Pas Wollanup. On a pas d'églises, tu vois ?

— Comment vous avez réussi ?

— On les a interdites.

— Interdites ? C'est légal, ça ?

Sortant une allumette de son paquet de tabac, elle l'a frottée sur l'un de ses ongles et a allumé sa clope.

— La loi australienne, c'est pas la loi de Wollanup. Tu fumes ?

Sans attendre ma réponse, elle m'a fourré sa roulée dans la bouche. C'était ma première cigarette depuis ma rencontre avec le kangourou et, si ma cage thoracique pouvait désormais supporter la fumée, ce soudain apport de nicotine m'est tout de suite monté à la tête. À la deuxième bouffée, j'étais de nouveau accro.

— Tu les roules toujours toi-même ?

— J'ai jamais fumé autrement.

Tendant la main dans la boîte à gants, j'ai pris un paquet de cigarettes que j'ai abandonné sur ses cuisses.

— Tiens, essaie celles-là.

Elle a examiné l'emballage sous toutes les coutures, suivant les contours de l'index comme s'il s'agissait de quelque objet rare.

— Camel, a-t-elle déchiffré, penchée sur le paquet. Elles sont bonnes ?

— Ne me dis pas que tu n'en as jamais essayé ?

— J'ai dit que j'fumais que des cibiches roulées. C'est tout c'qu'on a, à Wollanup.

— Quoi ? Ils ne vendent pas de vraies clopes, dans ta ville ?

— Y a qu'un magasin, chez nous, et le gus qui s'en occupe se les roule, alors il a que ça en stock.

— Tu veux dire que tu n'as jamais *vu* une Camel, une Marlboro, une Lucky, une…

— J'étais encore jamais sortie de Wollanup, mon pote.

— Allez, tu me racontes des…

— J'te dis la vérité vraie. C'est ma première fois dans le vaste monde.

— Comment ? Vingt-deux ou vingt-trois ans toujours dans le même trou ?

— Vingt et un. J'viens d'avoir vingt et un.

— D'accord, vingt et un ans dans le même bled paumé, et tu me dis que c'est la première fois que tu en sors ?

Elle a craqué une autre allumette, l'a approchée du bout de la Camel. Elle a inhalé de tous ses poumons.

— Quand tu vis à Wollanup, t'as pas besoin du reste du monde. T'as tout ce que tu veux, là-bas. (Elle a rejeté un petit nuage de fumée.) Pas mal, pour des clopes amerloques !

Et elle m'a adressé un grand sourire, révélant des dents de guingois tachées par le tabac.

— Bon, mais si tu n'étais encore jamais partie de chez toi, qu'est-ce qui t'a décidée à voyager, cette fois ?

— C'est une tradition qu'on a, nous autres de Wollanup. Prendre la route après ses vingt et un ans, histoire de voir un peu du pays.

— Et il y en a qui reviennent ?

— Oh oui, tous ! Pasque, si t'es de Wollanup, t'es fidèle à ta ville.

— Toute ta famille vit là-bas ?

— Ouais, tous les neuf.

— *Neuf ?*

— Neuf enfants… Plus les parents, ça fait onze, en fait.

— Tu veux dire que ta famille représente le cinquième de la population de Wollanup ?

— Ouais ! Le reste, c'est les trois autres familles.

J'ai eu du mal à réprimer une moue sarcastique. On nageait en pleine plouquerie, là ! Un sacré numéro, cette fille. Miss Tuyau-de-poêle, native d'un trou qui se résumait à quatre familles, pas d'église, pas de cigarettes en paquet et, à en juger par l'état de ses dents, pas de dentiste… D'un coup, tous les cambrousards avec qui j'avais grandi dans le Maine me semblaient carrément cosmopolites, même si aucun d'eux n'avait la robuste simplicité d'Angie ni son charme brut de décoffrage. Laissant mon regard s'arrêter un instant sur ses hanches puissantes, je me suis abandonné à une rêverie sagement concupiscente qui se résumait pour l'essentiel à ce constat : elle serait distrayante, pour une nuit ou deux…

— Et toi, Nick, ta famille, ils sont combien ?

— Un. Moi.

— Quoi, tout l'monde est mort ?

— Mes parents oui. Je n'ai ni frère ni sœur.

— T'es fils unique ?

— C'est généralement le nom que ça porte, quand on n'a ni frère ni sœur…

— Pas d'oncles ou de cousins quelque part ?

— Une vieille tante en Floride, je crois… On a perdu le contact depuis que ma mère est morte, il y a cinq ans.

— Personne d'autre ?

— Personne.

— Crénom ! Ça doit faire vraiment bizarre !

— Quoi ?

— Eh ben, savoir que si tu mourais ou disparaissais demain, personne s'en soucierait.

— Je n'ai jamais trop pensé à ça.

— T'es un vrai solitaire, hein ?

— Il faut croire.

— C'est pas mal triste.

Si je voyais bien dans quel sens allaient toutes ces questions, je n'avais aucune envie de suivre cette direction. Pourquoi ? Parce que j'avais été soumis au même interrogatoire par à peu près toutes les filles avec qui j'avais fini dans un lit. Tout en sachant que la complainte du petit garçon perdu dans un monde hostile était une technique de séduction éprouvée, elle supposait que j'accepte de dire plus de deux mots à propos de mes parents, un sujet que je préférais laisser de côté. Ce n'étaient pas des monstres, non, plutôt un couple de dépressifs timides qui m'avaient eu par accident sur le tard – à la quarantaine entamée –, et que mon existence avait toujours semblé plonger dans la plus grande perplexité. M. et Mme Désespoir Tranquille dont l'univers s'était borné à la lugubre ville ouvrière où ils avaient passé toute leur vie. Ils pous-

57

saient la frugalité jusqu'à ce point extrême où l'on hésite avant d'acheter une paire de chaussettes à trois balles et où on continue à vivre dans la crainte de se faire saisir sa maison par la banque même après avoir payé la dernière traite. J'avais fui ce nid déprimant dès mes dix-huit ans, ne me risquant à revenir que quelques jours autour de Noël chaque année, jusqu'à ce que la vieillesse finisse par les emporter l'un après l'autre en 1987, à six mois d'intervalle. Depuis, je ne parlais jamais d'eux, sauf bien sûr dans le cas où une fille que j'essayais d'emballer m'interrogeait sur mon « tragique isolement ». À quoi je répondais invariablement par une réplique à la Bogart : « Ça ne m'a jamais empêché de dormir », par exemple. Mais Angie s'est montrée insistante :

— Tu veux dire que t'aimes vraiment ça, être seul au monde ?

— J'ai l'habitude, c'est tout.

— Tu voudrais pas appartenir à une famille, un groupe ?

Supputant qu'un « non » catégorique risquait de ruiner mes chances de tirer un coup avant de parvenir à Broome, j'ai choisi de mentir, me bornant à une réponse évasive :

— Jamais eu l'occasion, en fait.

Angie a serré mon bras en m'offrant un sourire compatissant qui disait : « Tu as une amie, maintenant. » D'un ton convaincu, elle a lancé :

— Tu l'auras peut-être, un jour.

Je lui ai retourné son sourire, en me disant que le truc du petit garçon perdu marchait à chaque fois.

Nous avons avalé les quatre cents kilomètres avant la tombée de la nuit et, comme nous n'avons cessé de bavarder, la route est passée plus vite. Angie m'a bombardé de questions sur les États-Unis, manifestant un intérêt particulier pour les fast-foods, les autoroutes à six voies et les trente-six chaînes de télévision. J'ai trouvé sa naïveté adorable, même si son ignorance de la réalité en dehors de Wollanup était plutôt sidérante. Quoi, jamais entendu parler de McDonald's ? De CNN ? De Michael Jackson ? Quelle veine !

Il y avait aussi les chansons qu'elle ne cessait de fredonner, des ringardises des années 1960 comme « Happy Together » ou « Along Came Mary », ainsi que… « La Ballade des bérets verts », ce qui m'a laissé pantois :

> *Au pays une jeune femme attend.*
> *Son Béret vert n'reviendra pas.*
> *Il est tombé pour tous les opprimés,*
> *Lui laissant son ultime souhait :*
> *Veille à ce que mon fils ait ses ailes d'argent,*
> *Que les plus braves de l'Amérique guident ses pas.*

Je n'avais pas entendu cette ritournelle revancharde de l'époque « Cassons du Viet ! » depuis au moins vingt-cinq ans ; qu'Angie en connaisse par cœur les paroles était pour le moins surprenant, mais elle m'a expliqué que son éducation musicale provenait d'une pile de vieux 45 tours conservés par l'un de ses oncles, puisque Wollanup se trouvait trop loin de tout pour que les ondes des radios australiennes puissent y parvenir. C'était ce même oncle qui lui avait offert le sac à dos militaire. Et il n'avait pas acheté un seul disque depuis son retour de bourlingue, en 1972. « Good Vibrations », « Downtown », « We Gotta Get Outta This Place »… Voyager avec Angie, c'était comme se brancher sur Radio-Nostalgie, à cette nuance près que la disc-jokey était pas mal en retard dans l'actualité de la pop.

— Comment qu'il s'appelle, le nouvel album de Jim Croce ? m'a-t-elle ainsi demandé.

— Il est mort.

— C'est le titre ?

Quand je lui ai appris que l'artiste qui avait gratifié la planète d'œuvres aussi capitales que «Time in a Bottle» était décédé dans un accident d'avion en 1973, elle est restée sans voix, tout comme elle a été sidérée d'entendre que le groupe The Archies était tombé dans l'oubli après la sortie de l'album *Sugar, Sugar*. À part ça, Neil Diamond marchait toujours aussi fort, oui, même si son public était désormais majoritairement composé de quinquagénaires déprimées, collection-neuses d'animaux en peluche.

Elle chantait (faux) sa version de «Sweet Caroline» lorsque nous sommes entrés à Hall's Creek, le premier des deux points habités de la carte. Le genre de bled qu'on risquait de rater en roulant trop vite : quelques maisons alignées le long de la route, une poste, une supérette et un pub où, assis au comptoir, nous avons dîné d'un steak calciné et de frites spongieuses, le tout arrosé d'un pack de six. Montrant ses talents d'éclu-seuse, Angie en a sifflé quatre à la suite avant de plaquer un billet de dix sur le bar et de réclamer «encore six biérettes».

— Tu assures, question picole, ai-je remarqué prudemment.

— Quand tu vis à Wollanup, il faut.

Au moment où elle ouvrait une autre canette d'Export, un type d'une vingtaine d'années, fringué tout en jean avec un stetson sur le crâne, est venu se placer près d'elle. Il était saoul. Tout en décochant un magnifique sourire éthylique à Angie, il s'est emparé de l'une de ses bières sans rien demander :

— À la tienne, Miss Pétard d'Enfer !

— Repose ça.

Faisant sauter la languette, il a pris une énorme gorgée, la bibine s'échappant par la commissure de ses lèvres.

— Quoi qu'tu disais, Pétard d'Enfer ?

— J'ai dit : Pose cette canette.

Il a avalé une autre rasade dégoulinante.

— Maint'nant, c'est un peu tard, non ?

Elle l'a considéré d'un regard glacial.

— T'es vraiment une tête de nœud.

— Ouais, et ce mou d'la tronche qu'est avec toi, y va faire quoi ?

Descendue de son tabouret, Angie est venue tout près de cette imitation de cow-boy. Nez à nez.

— Il va rien faire, vu qu'c'est entre toi et moi.

— Bien vu, connasse.

Elle est restée très calme, un instant, puis elle a articulé d'une voix posée :

— Retire ça.

— Va te faire foutre.

— Non, mec, toi, va te faire foure.

D'un geste vif, sa main droite est partie vers l'entre-jambe de Mister Denim. Elle a attrapé ses testicules et les a serrés comme s'il s'agissait de balles antistress. Elle a continué à les malaxer dans sa poigne de fer avant de dire, tout aussi calmement :

— Demande pardon.

Il en était incapable, évidemment, occupé comme il l'était à virer au bleu, à hoqueter et à couiner en appelant sa mère. Il y avait bien une dizaine de consommateurs à l'air peu commode dans le pub mais

61

pas un n'a fait mine d'objecter ou d'intervenir. Mais ils ont tous grimacé de douleur en imaginant ce qui arrivait à l'autre. Lorsque Angie a compris qu'elle n'obtiendrait pas d'excuses compréhensibles, elle l'a poussé en arrière. Il a mordu la poussière, avant d'émettre le même genre de râle qu'un animal blessé. Angie a pris le reste du pack dans une main, m'a saisi le bras de l'autre et m'a dit :

— On y va, l'Amerloque.

Nous avons marché très dignement jusqu'à la porte mais dès que nous avons été dehors nous sommes partis à toutes jambes pour sauter dans le minibus. J'ai démarré en trombe. Nous n'avons pas échangé un mot avant d'avoir mis quelques kilomètres entre Hall's Creek et nous, enveloppés par le vide obscur du bush qui semblait étrangement protecteur, maintenant. Soudain, Angie m'a donné l'ordre de me garer sur le bas-côté et d'éteindre les phares. Dans l'obscurité, elle a été prise d'un fou rire retentissant. Ouvrant une canette, elle l'a levée au-dessus d'elle et s'est baptisée à la bière.

— Quel pied ! a-t-elle hurlé. Bien joué ! Mort aux têtes de nœud !

Ç'a été mon tour de recevoir ce drôle de baptême : elle a secoué énergiquement la canette et m'a fait partir un geyser de bibine en pleine figure. Je me suis mis à rigoler aussi, mais mon rire était un peu nerveux car je me disais : « Cette nana sort tout droit du Far West. »

— Rappelle-moi de ne jamais te chercher de crosses, lui ai-je glissé entre deux quintes de rigolade.

— Ça risque pas, mec, ça risque pas.

L'instant d'après, elle était juchée sur moi et, pressée contre mon torse, m'attirait à elle par la nuque, couvrant ma bouche de la sienne dans un baiser qui me prenait en étau. Sans comprendre ce qui m'arrivait, j'ai été sorti de mon siège et je me suis retrouvé étendu à l'arrière du minibus. Coinçant mes bras en croix sous ses genoux, elle a déchiré mon tee-shirt d'un coup sec, en plein milieu, et s'est attaquée à mon torse de ses lèvres ventouses. C'était comme si je partageais brusquement l'intimité d'une catcheuse professionnelle, mais j'étais trop hébété pour tenter autre chose que de rester allongé, à me laisser dévorer.

Comme c'est souvent le cas, l'assaut a été aussi brutal que bref. Quand les cris et les gémissements se sont tus, elle s'est laissée aller sur moi, sa tête sur mon épaule, mais aussitôt après elle m'a saisi la tête à deux mains, me forçant à plonger mes yeux dans les siens. Son regard était fixe, implacable. Au bout d'un long moment, elle a parlé :

— Ouais. Tu feras l'affaire.

6

Le lendemain après-midi, alors que nous nous trouvions à mi-chemin de Broome, j'étais tout sauf serein. La raison essentielle de ma nervosité ? L'ardeur insatiable, incessante et impitoyable d'Angie. Son étreinte gréco-romaine de la veille n'avait été qu'une simple mise en bouche préludant à un glouton festin de gratification charnelle. Après le premier assaut, j'avais sombré dans un sommeil agité, dont elle m'avait tiré deux heures plus tard pour me soumettre à une deuxième attaque éclair, puis elle m'avait à nouveau secoué peu avant l'aube, exigeant que je sorte de ma torpeur afin de nous livrer à quelques privautés orales. Quant à son idée d'un réveil matinal en douceur, elle ne manquait pas d'originalité, non plus : lorsque j'ai ouvert les yeux après cette nuit épuisante, je l'ai découverte à califourchon sur moi, entièrement nue, en train d'essayer de stimuler mon sexe d'une main tout en me criant dans le tympan : « Allez, envoie les couleurs ! »

Nous avions parcouru une trentaine de kilomètres lorsqu'elle a entrepris de me tailler une pipe – au moment où je changeais de vitesse, bonté divine ! –, et c'est là que j'ai résolu qu'il fallait sauver ma prostate avant qu'il ne soit trop tard.

— Laisse-moi souffler un peu, Angie, ai-je suggéré en essayant d'écarter gentiment son visage de mon bas-ventre.

— Mais quoi, on s'marre !

— On est presque à cent à l'heure, c'est dangereux.

— T'as qu'à t'arrêter.

— Ça ne te suffit pas, pour ce matin ?

— Pas du tout.

— Eh bien, moi, j'en peux plus.

— J'me suis pris un vieux taureau, c'est ça ?

— Un vieux taureau qui a pas mal donné.

— Ouais ? M'est avis que j'vais devoir remettre mon étalon en forme !

Elle parlait de moi, là ?

Parvenu à une trêve dans cette guerre d'usure sexuelle, il m'a fallu cependant subir encore trois heures de câlins harassants. C'était un vrai chiot, maintenant. Un bras passé autour de mon cou, elle mordillait sans arrêt le lobe de mon oreille. N'y tenant plus, je me suis écarté.

— Dis-moi, cette fixette sur les oreilles, c'est depuis toujours ?

— Nan, c'est une première.

— Qu'est-ce qu'elles ont de si spécial, mes oreilles ?

— Ben rien ! C'est juste les premières que j'mords.

— Tes anciens petits amis ne te laissaient pas jouer à Bugs Bunny ?

— J'ai jamais eu de petit ami.

— Baratin !

— Zéro baratin. Comment j'aurais pu, à Wollanup, quand ils sont tous de la famille ? Me taper un cousin au premier degré... Ou un de mes frères, ç'aurait été malsain, non ?

65

J'ai eu comme des sueurs froides, brusquement.

— Tu veux dire que…

Avec son sourire d'ado enamourée – elle devait connaître toutes les paroles de « Teenager in Love », j'en aurais mis ma main à couper –, elle a serré mon cou encore plus fort sous son biceps.

— T'as pigé, mon grand. T'as été le *Numero Uno*.

Merde de merde de merde de merde… Je me suis cramponné au volant, les yeux sur le monde rouge autour de moi. Si je n'ai rien dit, une sirène d'alerte aérienne s'était déclenchée au fond de mon cerveau. Danger de cataclysme imminent. Pour un aventurier de la biroute, une joute sexuelle sans capote avec une vierge nymphomane représentait sans doute le summum, mais pour quelqu'un comme moi, qui avait toujours fui comme la peste les situations potentiellement incontrôlables, c'était l'équivalent d'une mission kamikaze. Il était clair que j'allais me faire porter pâle à la minute où nous arriverions à Broome.

— T'es fâché ou quoi ? a fini par s'enquérir Angie.

— Tu aurais dû me dire.

— Te dire quoi ?

— Que j'étais le premier.

— Tu dois blaguer, mon loup.

— Non, je suis sérieux. Très sérieux.

— Quelle différence ç'aurait fait ?

— C'est quelque chose que… qu'un type doit savoir, point final.

— Si j'comprends, tu m'aurais pas tronchée si t'avais su ?

— Ce n'est pas ce que je dis.

— Qu'est-ce que tu dis, alors ?

— Tu prends la pilule ?

66

— C'est pas plutôt hier soir que tu aurais dû me poser cette question ?

— Bon, oui ou non ?

— Non.

Mes mains se sont crispées un peu plus fort sur le volant. Elle m'a donné l'un de ses coups de poing affectueux dans l'épaule, de ceux qui laissent des marques.

— Allez, Nickie ! Pas besoin de t'exciter ! Surtout que t'as pas d'quoi te faire du mouron deux minutes, vu que j'aurai mes règles dans cinq jours. Pas de risque, no souci !

— Tu me le jures ?

— Va te faire ! a-t-elle grondé en se détournant, soudain très en colère.

— Je suis désolé.

— Non, tu l'es pas !

Elle avait raison. Je n'avais pas le moindre remords, je n'éprouvais rien d'autre qu'un soulagement monumental. Comme l'euphorie de l'automobiliste qui, croyant conduire un véhicule sans assurance, découvre soudain qu'il a une police tous risques lui permettant de se sortir d'une collision en toute tranquillité. En conséquence, je n'ai présenté aucune excuse pour l'avoir questionnée sans beaucoup de tact. En fait, je voulais qu'elle me déteste. J'espérais que, une fois parvenue à la conclusion que j'étais un saligaud patenté, elle s'empresserait de m'envoyer bouler dès que nous serions rendus à Broome. Mettez-leur la haine jusqu'à ce qu'elles se cassent : telle est la règle première de tout artiste de l'esquive sentimentale.

Et c'était la conclusion à laquelle je m'attendais lorsque nous sommes entrés dans le périmètre de Broome juste à la tombée de la nuit, puisque nous n'avions plus échangé un mot pendant trois heures et que l'atmosphère dans le minibus a été explosive. J'ai trouvé un camping à environ deux kilomètres du centre. Là, ayant choisi un coin tranquille, j'ai arrêté le minibus et, posant ma main sur l'épaule d'Angie, je me suis apprêté à lui servir ma sauce habituelle dans ce genre de cas : « Ç'a été super de te connaître, je te souhaite tout le bonheur possible, etc., etc. » Mais je l'avais à peine touchée qu'elle m'a attrapé par le bras gauche et m'a fait valser par-dessus le siège, m'expédiant sur le plancher de l'habitacle. Ça recommençait… Sauf que, cette fois, elle n'a pas apporté une seule touche de tendresse à son agression. Assise sur ma poitrine, elle m'a cloué par terre avec ses genoux dans les clavicules et quand j'ai tenté de me dégager de cette position peu confortable elle a appuyé son poing serré contre ma bouche tandis que son autre main s'activait sur la boucle de mon ceinturon.

— Pas un mot, a-t-elle sifflé pendant que ses doigts faisaient sauter les boutons de ma braguette, pas un foutu mot.

En 1977, au temps où j'appartenais à la rédaction du *News and Observer* de Raleigh, j'avais pris le plus grand plaisir à réécrire une dépêche de l'agence UPI à propos d'une nympho de Salt Lake City qui s'était entichée d'un missionnaire mormon au point de le suivre jusqu'en Angleterre et, là, de payer deux malfrats pour qu'ils le kidnappent ; une fois qu'elle l'avait eu à sa merci dans un cottage isolé de la campagne anglaise, elle l'avait enchaîné nu, sur un lit, lui avait braqué un revolver sur la tempe et lui avait ordonné : « Dis à ton petit saint de se mettre bien raide. » À l'époque, mes confrères avaient fait des gorges chaudes de ce timide mormon, proclamant que le crétin aurait dû remercier le ciel de recevoir un traitement aussi pervers. En réalité, je crois que nous avions tous été secrètement atterrés par cette histoire, parce que la plupart des mecs ont le plus grand mal à accepter l'idée d'une femme qui fait la loi au lit. Surtout si elle brandit un calibre 38.

Certes, Angie n'était pas armée mais elle ne me flanquait pas moins une trouille bleue. Avec elle, le sexe ressemblait à un remake du sac de Rome par les Wisigoths, un raid dévastateur qui vous laissait comateux après trois intenses minutes. Elle ne vous faisait pas l'amour, elle vous passait à tabac. Aucune finesse, aucune… tendresse. Bref, elle se comportait au lit comme la plupart des hommes.

Si je percevais le danger que sa brutalité amoureuse augurait, je dois aussi avouer qu'une certaine fierté de coq me poussait à trouver plutôt flatteuses ses attentions vachardes. Parce que, enfin, ce n'est pas tous les jours qu'une fille vous passe dessus comme un bulldozer ou vous tourmente pour que vous sautiez sur elle toutes les deux heures. Alors, si une petite voix en moi chuchotait : « Envoie cette nana sur les roses avant que ça devienne trop compliqué », elle était vite noyée par les protestations de mon côté vilain garçon, lequel répliquait par un raisonnement du style : « Il faudrait être une vraie couille molle pour louper une chose pareille ! Calmos et profite de la fiesta, d'autant plus que tu peux y mettre fin quand ça te chante. »

Ayant naturellement décidé que ce deuxième aspect de ma personnalité était le meilleur conseiller, je n'ai plus opposé de résistance aux assauts d'Angie. Lorsqu'elle est retombée à côté de moi avec un feulement venu des origines primitives, j'ai ravalé mon petit discours d'adieu et j'ai même accepté ses tentatives de conclure un armistice entre nous.

— Tu m'aimes toujours bien, dis ? a-t-elle ronronné en se pressant contre moi comme un matou en chaleur.

J'ai hoché la tête en souriant.

— Plus de scènes de ménage, OK ?

— OK.

— On va rester ensemble, hein ?

J'ai opiné du bonnet, à nouveau. C'était à son tour de sourire, maintenant.

— J'savais que ça allait marcher entre nous ! Je l'ai senti à l'instant où je t'ai vu.

Je n'ai pas trop aimé cette dernière affirmation mais j'ai voulu rester sur le terrain de la conciliation. Ouais, tout irait bien entre nous. En tout cas jusqu'au week-end prochain, quand je continuerai ma route peinard, sans elle.

Le plus drôle, c'est que les jours suivants se sont en effet très bien passés. Je dirais même que ç'a été… le pied. Loin d'être un trou australien typique, Broome s'est révélé un endroit étonnamment cosmopolite, un village de pêcheurs où les Aussies blancs semblaient constituer une minorité parmi les Malais et les Polynésiens attirés ici au siècle dernier par la pêche des perles. Voilà enfin une ville que j'étais capable de comprendre, une variante tropicale des ports traditionnels du Maine avec ses maisonnettes délavées par les embruns, ses anciens comptoirs de commerce, ses bars plus que corrects et son indolence assumée. Ici, tout le monde avait l'air de passer d'une gueule de bois à l'autre, de tenir l'inactivité pour une grande vertu et de limiter sa conception de l'initiative personnelle au fait de se raser tous les quatre matins. Ici, on commençait sa journée à onze heures et on la passait sur la plage, une barre de sable immaculé chauffé à blanc de deux kilomètres de long face à l'océan Indien.

C'était la première fois qu'Angie mettait le pied sur une plage. Jamais elle n'avait regardé les vagues se briser sur le rivage, connu la fraîcheur salée de l'eau de mer sur sa peau, et je me suis laissé aller à goûter son émerveillement de tous les instants. Bien qu'étant restée bloquée vingt et un ans à l'intérieur des terres, elle a très vite manifesté une prédisposition très australienne pour la vie « *sun and surf* ». Après avoir consacré notre première journée à observer les autres couples sur la plage, elle m'a entraîné dans un shopping nécessaire pour réunir le bric-à-brac de l'estivant accompli : nattes en bambou, frisbie, ballon, chemises tahitiennes criardes, romans merdiques de Jackie Collins, glacière Esky chargée jusqu'à la gueule de canettes de bière...

Notre régime quotidien : une caisse de bière, trois paquets de Camel, neuf heures à griller sur le sable avec une grande variété d'en-cas toujours sous la main, *fish and chips*, brochettes satay, nouilles thaïlandaises, rouleaux de printemps et même un cheese-burger de temps à autre. Ensuite, quand le soleil tirait sa révérence, on retournait en ville acheter une bouteille de riesling, des crevettes au curry dans une gargote chinoise, et on se goinfrait encore en regardant un film au Sun Pictures, le cinéma en plein air de Broome. Puis c'était le retour au minibus, avec un arrêt pour des cornets de glace taille jumbo, et le début d'acrobaties sexuelles qui amenaient nos estomacs surmenés au bord de la nausée.

Soleil, sable, sexe, satisfaction, saturation. Jour après jour, on engloutissait la vie, on se gavait, on faisait du lard et... on commençait même à s'apprécier mutuellement. Angie ne cessait de me surprendre agréablement, je dois dire. Elle avait beau faire ici ses premiers pas loin de Wollanup, pas question pour elle de continuer à jouer les pécores naïves. Au contraire, elle s'adonnait aux plaisirs de la modernité avec voracité. Elle avait une opinion sur tout, aussi. Comme elle s'était pris un walkman et une dizaine de cassettes quand nous avions acheté notre matériel de plage, elle a aussitôt gagné mon estime en traînant dans la boue toutes les divinités pop du moment, depuis Madonna – « Rien qu'une pétasse blonde » – jusqu'à U2 – « Foutus branleurs prétentieux ». À peine avait-elle vu trois ou quatre films au cinoche de Broome qu'elle s'était mise à pérorer comme si elle tenait une chronique dans une gazette d'Hollywood : et que Kevin Costner était aussi expressif qu'un bout de bois, et que Tom Cruise avait une fâcheuse tendance à grimacer sans arrêt même s'il avait « un joli cul, pour sûr ». Et après avoir passé une soirée au pub scotchée à CNN, elle a eu ce commentaire : « C'est pas mal, mais pourquoi ils repassent tout le temps les mêmes fichues histoires ? »

Elle avait du flair, également. À un point effrayant. Lors de notre cinquième soir à Broome, nous avons terminé sur la plage après avoir été éjectés du dernier bar ouvert à trois heures du matin. C'était une nuit où le ciel sort le grand jeu ; dans un état avancé d'euphorie alcoolique, nous nous sommes effondrés sur le sable, essayant de suivre, d'un regard trouble, les feux d'artifice stellaires. Après cinq minutes de contemplation silencieuse de la Voie lactée, Angie a murmuré :

— Tu vas me lâcher d'ici peu, pas vrai ?

— Conneries ! ai-je répondu du tac au tac, tout en me demandant : « Suis-je transparent à ce point ? »

Sans détourner les yeux du ciel, elle a continué de la même voix calme :

— C'est pas des conneries. C'est ce que tu vas faire, je le sais.

— Écoute, arrête ces…

— C'est ce que tu fais tout le temps.

— Tu n'en sais rien !

Elle m'a décoché un sourire sans joie.

— Crois-moi, mon gars, ça se voit comme le nez au milieu de la figure. C'est comme ça que tu fonctionnes.

Que pouvais-je répondre à une telle accusation, sinon : « Je plaide coupable » ? Donc, j'ai préféré me taire en essayant de disparaître en orbite dans la voûte céleste. Jusqu'à ce qu'Angie me ramène sur terre d'un seul mot soufflé tout bas :

— Salaud.

Sans me laisser le temps de répondre, elle a bondi sur ses pieds et elle est partie en courant sur la plage. Notre semaine au paradis venait de s'achever.

Je savais qu'elle attendait de moi la réaction évidente, à savoir, partir à ses trousses. Mais qu'aurais-je pu lui dire ? Recommencer le coup des excuses bidon ? Ou bien tenter le grand classique du « restons amis » ? Pas question. Ce genre d'aventure vient toujours avec une date de péremption sur l'emballage. On s'y laisse prendre, tout en sachant pertinemment que le truc sera périmé après une semaine ou deux. Et quand ce moment arrive, il est stupide de remettre l'inévitable à plus tard, de voir si on ne pourrait pas rabioter quelques jours de plus. C'est pourquoi j'ai laissé Angie filer dans les ténèbres et je me suis dit que je la retrouverais au minibus. Là, je prononcerais enfin mon speech d'adieu, celui que j'aurais déjà dû lui servir avant même que nous n'arrivions ici.

Au camping, elle n'était nulle part en vue. Encore assez pété, je me suis étendu sur l'une des couchettes. Cinq heures se sont évaporées, peut-être six. Lorsque j'ai rouvert les yeux, Angie était assise sur l'autre couchette, son sac à dos à ses pieds. Ses yeux étaient lourds de fatigue mais aussi étrangement brillants : elle avait pleuré.

— Que... T'es rentrée quand ? ai-je bredouillé, le cerveau encore ensommeillé.

— Y a une heure.

— J'ai rien entendu.

— Parce que t'étais bourré, c'est pour ça.

— Où tu as fini la nuit ?

— Sur la plage.

— Merde.

— Ouais, merde.

Elle s'est levée, a passé la courroie de son sac sur son épaule.

— Tu veux que je me casse, c'est ça ?

— Angie...

— Assez d'embrouilles, Nick, a-t-elle coupé d'une voix dure. Oui ou non, c'est tout.

Je me suis surpris à contempler ses jambes. Arriverais-je à la persuader qu'une petite baise d'adieu serait bienvenue avant son départ ? J'ai tendu un bras pour l'attirer vers moi.

— Viens te coucher.

— C'est ta réponse ?

— Mmmm.

— Tu veux vraiment être avec moi ?

— Ouais, vraiment.

— T'es sûr, maintenant ?

— Certain.

— Bien, a-t-elle approuvé en faisant passer son tee-shirt par-dessus sa tête. Très bien.

Après une nuit pareille, nous n'étions pas en condition de réaliser des prouesses. Une fois terminé, j'ai aussitôt basculé dans un sommeil pesant, une chute libre dans des abîmes d'un noir comateux, des antres silencieux où de soudains éclairs de lumière illuminaient parfois une scène troublante : Angie me ligotant les mains et les pieds…

Plongeant une seringue dans une petite fiole…

Enfonçant l'aiguille dans mon bras…

C'était un drôle de rêve. Seulement, j'étais convaincu d'avoir senti une méchante piqûre dans le bras avant de reprendre ma dégringolade au fin fond de l'obscurité. Et d'avoir entendu le moteur tourner au ralenti. Et d'avoir eu vaguement conscience que le minibus sortait du camping, puis qu'il se mettait à bringuebaler comme si on sortait de la grand-route.

Mais j'avais déjà replongé dans le néant et ses ténèbres sans fond. Et j'y suis resté des heures. Des jours. Protégé de tout par ce vide. Heureux.

Jusqu'à ce que je me réveille.

DEUXIÈME PARTIE

1

La guerre nucléaire faisait rage. Les États-Unis avaient lancé un ultimatum à un dictateur arabe dément qui menaçait de transformer Hawaii en république islamique. Ses guerriers musulmans s'étaient déjà emparés de Waikiki, obligeant les danseuses de hula-hula à porter le tchador. Des milliers d'ombrelles à cocktails avaient été détruites par le feu en un brasier rituel sur la plage, tandis que tout patron de restaurant surpris en train de servir un maï-taï était abattu sur-le-champ. Alors que le recel d'un seul disque de Don Ho était passible de la peine de mort, les vidéos-samizdats de Blue Hawaii atteignaient les mille dollars pièce au marché noir. Mais c'était la fatwa lancée contre Jack Lord qui avait fini par pousser Washington à bout, et les Américains avaient sorti la grosse artillerie. Quatre missiles de deux mégatonnes chacun avaient été lancés de silos secrets enfouis sous le Tabernacle mormon de Salt Lake City. Au lieu d'atteindre leur cible dans le Pacifique, ils avaient dévié leur trajectoire pour s'abattre… en plein dans ma tempe.

Ma première erreur a été d'ouvrir un œil. En atteignant le nerf optique, la lumière du jour a déclenché une série d'explosions. Des éclats d'obus ont traversé mon cerveau de part en part. Des incendies instantanés se sont déclenchés. Une section de soldats à lourdes bottes a reçu l'ordre de les éteindre, mais ils ont au contraire attisé les flammes en les fouaillant de leurs baïonnettes. Pendant tout ce temps, une sirène d'alerte aérienne hurlait entre mes oreilles.

J'ai ouvert l'autre œil. L'éclat du dehors était tellement intense que j'ai eu l'impression qu'on attaquait mes pupilles avec des crayons bien taillés. Dès que j'ai refermé les paupières, une monstrueuse nausée m'a soulevé. Une torpille a atteint mes entrailles avant de remonter dans ma gorge, furieusement, et une gerbe qui semblait longue de plusieurs mètres est sortie. Salve de bile en Technicolor. Cette prouesse accomplie, je me suis évanoui.

Cette fois, je ne sais pas combien de temps le coma a duré. Ce que je sais, c'est que j'ai encore failli dégueuler en reprenant connaissance, à cause de la vicieuse odeur de vomi séché qui imprégnait mon environnement. Mon visage était constellé des éclaboussures de mon ultime dîner à Broome – des nouilles thaïlandaises sautées, je crois – et ma bouche avait le goût et la puanteur d'un seau de purin. Même si j'avais voulu me précipiter sous la première douche venue, je me suis aperçu qu'il ne me restait plus une once d'énergie quand j'ai cherché à bouger. Mieux – si l'on peut dire –, l'effort de relever la tête m'a fait retomber dans les pommes.

Mais voici qu'une voix s'est élevée, et en vérité elle a dit : « Foutre de moi, t'as dégobillé ! »

Et ensuite, il y a eu de l'eau. Un Niagara. On me braquait dessus un jet puissant, dans la figure, sur tout mon corps qui tremblait sous l'impact. Le sol et les murs recevaient ce même traitement de station de lavage de voiture. Cette avalanche était si brutale que je n'ai même pas pu voir qui tenait le tuyau quand j'ai réussi à entrouvrir les yeux.

L'inondation a pris fin, une porte a claqué et j'ai été à nouveau seul. Toujours mal en point, certes, mais toute cette eau avait au moins eu l'effet de dissoudre mon hébétude, de sorte que j'étais en mesure de regarder autour de moi. J'étais dans une minuscule cabane sans fenêtre, une boîte pas plus grande qu'une cabine de W-C aux murs en planches brutes, au plafond bas en tôle ondulée. Il n'y avait là que le vieux matelas sur lequel j'étais prostré et un seau en ferblanc. Une odeur de volaille morte empuantissait l'atmosphère. Le plancher était constellé de giclures écarlates, preuve que plus d'un poulet avait vécu ses derniers instants dans cette cellule.

Si je pouvais supporter la puanteur, la chaleur, c'était une autre histoire. Après Darwin et la route jusqu'à Broome, j'avais pensé m'être habitué à la température de barbecue qui régnait constamment dans le bush. Je m'étais trompé. Ici, c'était un micro-ondes, un enfer préchauffé qui promettait la déshydratation instantanée. Heureusement que, avant de m'abandonner ici, quelqu'un m'avait dépouillé de tous mes vêtements, caleçon excepté, car j'avais recommencé à suer à grosses gouttes à peine deux minutes après ma douche forcée.

Mais pourquoi me sentais-je si faible, incapable de me lever ? C'est alors que mes yeux se sont arrêtés sur mes chevilles et mes poignets tuméfiés, sur le vilain bleu qui ornait mon biceps. J'avais été ligoté et piqué. Cordes et seringue : comme dans mon rêve délirant. « Tu n'as pas rêvé, mon coco… »

La peur m'a envahi d'un coup. Une peur panique qui m'a conduit à marteler la paroi du poulailler en criant comme un possédé.

La porte s'est ouverte à la volée. J'ai tourné la tête dans sa direction, uniquement pour recevoir un nouvel arrosage en règle. La force du jet m'a cloué sur le matelas. Après ce choc, la même voix a vibré dans la cabane exiguë : « Calmos. Tu te calmes, maintenant. »

J'avais devant moi un petit type d'une cinquantaine d'années, aux cheveux gris noués en queue-de-cheval. Des lunettes de grand-père en équilibre sur son nez aux verres ébréchés et sales, à la monture rafistolée avec du ruban adhésif jauni. Même son jean taillé en short et son tee-shirt Procol Harum mangé aux mites étaient vieux, repoussants.

— Vous êtes qui, merde ! ai-je articulé d'une voix pâteuse.

— Moi, c'est Gus. L'oncle d'Angie.

— Angiiiiie ?

Encore un glapissement d'aliéné, incontrôlable, qui n'a cessé que quand Gus s'est penché et m'a envoyé un aller-retour dans la figure. Le silence revenu, il s'est accroupi près de moi.

— C'est pas une façon d'appeler après ta femme, mon vieux.

La panique m'a envoyé un direct au plexus.

— Ma... femme ?

— Mais ouais, a-t-il confirmé en tapotant l'alliance dorée sur mon annulaire gauche. Ta dame.

Je me suis mis à donner des coups de pied dans le vide et à brailler comme un marmot qui fait un caprice. Ce qui m'a valu une deuxième paire de claques de la part de Gus.

— Ça sert à rien de te mettre la rate au court-bouillon, Nick, m'a-t-il conseillé d'un ton presque chantonnant. (Son comportement était un peu « space », d'après ce que ma raison défaillante arrivait à capter.) Parce que tout va aller pile-poil dès que l'effet de la came sera dissipé.

— La quoi ?

— La chlorpromazine. « Thorazine », qu'ils l'appellent dans ton pays. J'crois qu'elle t'a mis deux cents milligrammes toutes les huit heures. C'est ce que j'y avais dit de faire, en tout cas.

— *Vous* lui avez… ?

— C'est que, bon, j'suis le pharmacien, par ici, a-t-il expliqué avec un petit sourire fat. À propos, pardon pour cette marque sur le bras. C'est une brave fille, Angie, mais elle y entrave que couic aux piquouses. Enfin, au bas mot, t'as eu deux mille trois cents milligrammes de ce truc balancés dans les veines.

— Hein ? Combien… ?

— Suffisamment pour te mettre hors du coup pendant trois jours et demi. C'est pour ça qu'il va te falloir dans les douze heures et quelques pour te sentir d'attaque.

— J'ai été inconscient pendant *trois jours et demi* ?

— C'est ce que je viens de te dire.

— Mais où je suis, bon sang ?

— À Wollanup.

Une nouvelle attaque de panique m'a envahi.

— Le b… Là d'où vient Angie ?

— T'as pigé.

J'ai fermé les yeux, trop terrorisé pour parler. Gus a dû percevoir mon état d'esprit, car il m'a serré l'épaule dans un geste qui se voulait rassurant :

— Écoute voir, mon pote, j'comprends que tu t'sentes un peu vaseux tout de suite, et aussi tu te demandes dans quel truc pas net t'es tombé, mais je te promets qu'on t'expliquera tout dès que tu seras requinqué. D'ici là, mon conseil pour toi est d'y aller calmos, de rester relax et… (Tirant de sa poche de short une canette, il a fait sauter la languette.)… de te taper une bir.

— Mets-la-toi où je pense.

Posant la bière sur le plancher, il a approché son visage du mien :

— Crois pas que tu peux m'causer comme ça, mon pote.

Je lui ai craché dessus, laissant un gros glaviot s'étirer sur sa joue. Cette insolence m'a valu une troisième baffe. Douloureuse, celle-là.

— On va dire qu'y s'est rien passé, a-t-il chantonné en s'essuyant avec un coin de son tee-shirt. On va dire que c'est rapport à cette came qu'Angie t'a mise dans le système. Moi, j'efface tout. Mais si tu remets ça, tu ramasseras tes quenottes, et avec les doigts cassés.

— Pourquoi je suis enfermé ?

— Plus tard, mecqueton. Plus tard.

Il s'est remis debout.

— Vous n'allez pas me laisser ici ?

— Faut que tu te désintoxiques avant qu'on t'accueille en grand.

— Quel accueil ? De qui ?

— Mais de ta dame et de la famille, pour sûr.

— J'ai pas de femme ! ai-je hurlé. J'ai pas de famille !

— Oh si, qu't'en as… Allez, à la revoyure, dans deux, trois heures.

— Je vais crever, avec cette chaleur !

— Mais nan, mais nan. Et puis plus tu sues, plus vite ton sang sera purgé de ces saletés chimiques. Si tu sens qu'ça va mal, tu bois la bière que t'as ici.

— S'il vous plaît ! Attendez…

Il était déjà parti. Je suis retombé dans mon marasme, plus que jamais largué. Le trouillomètre à deux mille. Femme ? Famille ? Wollanup ? Une mauvaise blague, une horrible plaisanterie. Pitié, que quelqu'un me dise que c'est juste une blague idiote…

2

Les douze heures suivantes n'ont pas été une partie de plaisir. Moi qui m'étais souvent demandé comment on se sentait quand on décidait d'arrêter de se déchirer tous les jours à la vodka, ou de lâcher l'héroïne du jour au lendemain, j'ai pu en faire l'expérience directe. Il y a d'abord eu les haut-le-cœur, avec et sans vomissements, puis la chiasse, puis les frissons, des tremblements dignes de figurer sur l'échelle de Richter et accompagnés de suées froides. Tandis que le matelas se transformait en éponge détrempée, j'étais tantôt brûlant tantôt glacé, d'abord sous les tropiques avant de me retrouver en Alaska. Les parois de la cabane ont été prises de soubresauts, menaçant de s'écrouler sur moi. Je me suis accroché à mon grabat comme un pauvre type pris au piège d'un wagonnet de montagnes russes. J'étais halluciné, haletant. Hors de moi. Sur le point de dérailler.

Splash ! De l'eau. Un jet qui me criblait comme de la chevrotine, mais j'ai tourné le dos pour le laisser me fouetter, ouvert la bouche en grand pour éteindre la soif bilieuse qui m'écorchait la gorge. À travers le déluge, j'ai aperçu Gus agrippé au tuyau, ses binocles de papy embués telles des lunettes de plongée.

— Mets-toi debout ! a-t-il crié par-dessus le bruit des éclaboussures.

— Peux pas.

— Si, tu peux !

— Non.

— Y aura plus d'flotte dans deux minutes. Plus de flotte, plus de douche. Tu choisis, mon pote.

La volonté, seule, m'a permis de me lever et de rester plus ou moins en l'air sur des jambes aussi solides que de la guimauve.

— Bravo, branque, a approuvé Gus. Maintenant, astique-toi avec ça.

Il m'a lancé un gros pain de savon brunâtre, qui est tombé à mes pieds. J'ai manqué m'affaler en me penchant pour l'attraper. Rugueux dans la main, il dégageait une violente odeur de potion médicinale, quelque chose d'assez violent pour tuer les morpions. J'ai commencé à me savonner sans énergie. La mousse nauséabonde s'est prise dans les poils de ma barbe de cinq jours.

— Rinçage final, a annoncé Gus en m'arrosant le torse.

Le tuyau s'est soudain affaissé. Plus d'eau. Il m'a expédié une serviette d'une propreté douteuse, de la taille d'un torchon.

— J'vais t'dire, Nicko, t'es traité comme une altesse royale. La flotte est rare, à Wollanup, donc c'est le tapis rouge qu'on t'a déroulé. Mais ta dame, elle voulait que tu sois tout frais et pimpant quand t'allais sortir de ton petit malaise. Et tu connais ta femme, elle a mal aux seins dès qu'on fait pas ce qu'elle veut.

— Je ne suis pas marié !

Il m'a accordé un autre de ses sourires un peu stone.

— C'est c'qu'on dit tous, mon gars. Bon, t'es presque sec ?

J'ai hoché la tête même si la serviette, qui empestait la vieille sueur, ne m'était d'aucune utilité. De toute façon, tout ce que ce chiffon n'avait pas pu absorber s'est évaporé instantanément dans la fournaise.

— Super. Tiens, j't'ai apporté de la rhabillure propre.

Il m'a tendu un petit paquet de fringues. Les miennes, sans aucun doute : caleçon Fruit of the Loom, tee-shirt blanc Gap, short kaki et chaussures de bateau L.L. Bean. La vue de ces étiquettes américaines m'a donné le frisson. J'étais capable de me rappeler le moment exact où j'avais acheté chaque vêtement : le tee-shirt et le caleçon au mois de mai dans la principale galerie marchande de Portland, le short et les grolles une nuit de juin 1991, à trois heures du matin, quand un accès d'insomnie m'avait poussé à parcourir les soixante-quinze kilomètres qui séparaient Augusta du magasin L.L. Bean de Freeport ouvert vingt-quatre heures sur vingt-quatre. Ma vie d'avant. Le mal du pays est le plus cruel des tourments, si vous vous êtes exilé de votre propre chef. Ou si vous échouez dans un endroit qui dépasse votre entendement. Dans un contexte qui défie toute logique, du moins la vôtre, et de très loin.

— Où vous avez trouvé ça ? ai-je demandé.

— Chez toi, évidemment.

— Je n'ai pas de chez moi.

— Angie serait tristoune d'entendre ça, mon pote. Surtout vu comment elle s'est décarcassée pour te faire une maison toute douillette.

D'une voix hachurée, implorante, je me suis efforcé de combattre ma léthargie :

— S'il vous… plaît… faut que… euh, que je sache… pourquoi… je suis… ici.

— Calmos, j'ai dit, et l'brouillard y va s'trisser vite fait.

— Je... je veux une putain de réponse !

— Patience, mec, patience. Et n'oublie pas : tu viens avec des bonnes vibrations à la fête, t'auras que des bonnes vibes de moi.

Enfoiré de junkie. Il avait abusé des champignons magiques, à tous les coups, et maintenant il se croyait en train de planer devant le Golden Gate jusqu'à la fin de sa vie. Tu pourrais au moins arrêter d'employer des expressions aussi ringardes, triple naze...

— Magne-toi, enfile ces frusques, a-t-il continué. Avec tout le monde qu'attend de te rencontrer...

Pendant que je m'habillais, il a remarqué la canette intacte près du matelas.

— Putain d'moi, t'as pas bu ta biérette !

— Je ne pouvais pas. Trop malade.

— Siffle-la maintenant.

— Merci, non.

— T'es encore cassé ? T'es pas bien ?

— Pas bien du tout.

— Ça m'étonne guère, avec cette putain de schlingue là-dedans ! On dirait que t'as rempli le seau à merde ras la gueule, mec.

— C'est étonnant, bordel ?

— Ah ! avec un karma négatif comme ça, tu vas pas t'faire beaucoup de potes, Nicko-Nicko.

— Je pisse sur ton karma. Il faut que je sorte d'ici.

— Pas avant d'avoir éclusé cette pinte.

— Je suis « mal », vous comprenez ?

— Tu le seras encore plus si tu t'envoies pas cette biérette derrière la cravate. Dehors, il fait quarante-huit degrés, présentement. Si tu t'hydrates pas, tu vas tomber raide. Tu veux sortir, tu bois.

Il ne me restait qu'à obtempérer, notamment parce que la perspective de rester encore enfermé dans ce poulailler m'emplissait d'une peur abjecte. J'ai fait sauter la languette et j'ai bu aussi vite que j'ai pu cette bibine aussi brûlante que de la soupe. Non sans rechigner, mon estomac a accepté de la garder et son effet a ajouté à la confusion de mes pensées. En d'autres termes, j'ai été rond en dix secondes.

— Bien, ça ! a fait Gus en me voyant lâcher la canette vide dans le seau à merde. Si tu continues à flûter comme ça, tu vas t'intégrer sans problème, ici. Alors, prêt pour la grande réception ?

— Je… je pense.

— Géant.

Entrouvrant la porte, il a gueulé : « On arrive ! », l'a refermée et m'a jaugé de haut en bas :

— OK, dernière vérif. Les tifs, c'est pas encore ça. Moi, j'm'en tape, hein, mais la première impression est comme qui dirait vachement importante, non ?

J'ai ratissé les mèches trempées de ma tignasse avec mes doigts.

— C'est mieux ?

— C'est grandiose, mec. On te dirait sorti tout droit d'un putain de tableau.

D'un geste emphatique, il a rouvert la porte, cette fois en grand, et la lumière du dehors a bondi dans la cabane, incandescente, aveuglante. Le genre d'illumination biblique qui plongerait un néochrétien dans le ravissement. Dans ce flamboiement céleste, même ce pygmée de Gus semblait acquérir une nouvelle stature, et jouant les saint Pierre à l'entrée du paradis, il m'a pris par le bras et m'a dit :

— Bienvenue dans ta nouvelle maison !

Nous sommes sortis des ténèbres. Au début, je n'ai rien pu voir. Après quatre jours d'obscurité, c'était comme si deux cents projecteurs avaient été braqués sur mes prunelles. À la vision déficiente s'ajoutait une démarche tellement hésitante que Gus a dû me soutenir en me passant un bras autour de la taille. Mes poumons, qui palpitaient à la recherche d'air frais, n'ont trouvé que de l'oxygène carbonisé. Non seulement l'atmosphère était surchauffée mais de plus elle était chargée d'une pestilence insupportable, comme si mille égouts à ciel ouvert étaient en train de fermenter au soleil.

J'ai fini par discerner une foule devant moi. Peut-être une vingtaine de visages revêches, tournés dans ma direction avec une insistance contrariée. Le silence était si intimidant, si hostile, que je me suis un peu senti tel un condamné à mort devant le public venu assister à sa montée sur l'échafaud. S'accoutumant enfin à cette luminosité accablante, mes yeux ont distingué une confusion de tee-shirts teints à la main, de chevelures emmêlées, de pantalons pattes d'ef, de barbes dignes de l'Ancien Testament, avec un bébé nu comme un ver de-ci de-là et beaucoup de dentitions mal en point. C'était quoi, cette communauté has been ? Je me trouvais au milieu d'une piste en terre battue bordée de bicoques faites de bric et de broc. Une meute de chiens faméliques aboyaient en tournicotant autour de l'assemblée et... – merde ! – un peu plus loin sur cette rue sortie d'un mauvais western, une montagne d'ordures de quinze mètres de haut macérait dans l'air brûlant. La source de la puanteur.

— Te v'là, toi !

Je la connaissais, cette voix, tout comme je connaissais les paluches qui se sont emparées de moi, la langue qui a atteint mes amygdales, et l'accolade capable de briser mes côtes encore intactes.

— Comment tu vas, mon poulet ?

Je me suis redressé pour regarder Angie. Une expression de triomphe sidérant faisait briller ses yeux.

— Hein, qu'il est trop chouette ? a-t-elle crié à la foule. Hein, qu'il est trognon ?

Son visage à nouveau tourné vers moi rayonnait de l'affection condescendante que l'on réserve habituellement au clebs de la famille.

— Mon petit mari ! Mon Amerloque à moi !

— Salope, ai-je sifflé entre mes dents.

Et je me suis évanoui dans ses bras.

3

Un lit. un lit digne de ce nom. Grand matelas moelleux, draps propres, oreillers en plumes… Et parfum engageant de café et d'œufs poêlés qui flotte dans l'air. Dehors, les kookaburras ont entamé leur concert de l'aube et, plus près, une autre espèce d'oiseau des antipodes gazouille un air connu : « *I feel pretty, oh, so pretty, I feel pretty and witty and bright* »…

C'est quoi, cette nouvelle version de l'enfer ? D'abord, on vous enferme dans un poulailler, et ensuite dans le mariage ?

— Jour, mon cheuri.

Mon chéri ? Tendresse matrimoniale à fond les manettes.

Il m'a fallu un moment pour me rappeler où j'étais, ou plutôt découvrir où j'avais atterri après un nouveau trekking sur la route du Coma.

— Bien dormi, cheuri ?

Très bien, à vrai dire. Huit heures, au moins. Et sans substance chimique aucune, si j'en jugeais à ma relative fraîcheur d'esprit : pour la première fois depuis des jours, je me sentais presque revenu au sein de l'espèce humaine. Encore affaibli, certes, mais sorti de mon hébétude.

— Un p'tit déj pour mon cheuri ?

La veille, l'idée m'aurait soulevé l'estomac. Ce matin, j'avais une faim de loup.

— J't'ai fait deux œufs brouillés, des toasts et du vrai café. Mais Gus, il dit que tu dois manger fort doucement. Il faut y aller mollo avec le solide, au bout de quatre jours au glucose et à la flotte. Ouais, c'est avec ça qu'on t'a gardé vivant pendant que t'étais patraque.

Patraque ? « Drogué » serait plus exact, *cheurie*. Camé à mon insu. Si je n'avais pas eu aussi faim, je lui aurais envoyé ses œufs à la figure avant de lui demander une petite explication. Seulement, une voix intérieure me conseillait d'avancer avec prudence, de jouer le jeu jusqu'à ce que je comprenne tout à fait la situation démente dans laquelle je me trouvais. Puisque ma « femme » trouvait naturel de me piquer au sédatif, de me kidnapper et de me boucler dans une cabane à poulets en attendant que je me désintoxique, il était raisonnable de s'attendre à d'autres mesures coercitives au cas où mon comportement lui déplairait. Éviter toute provocation, donc. Pour le moment, j'avais tout intérêt à lancer un sourire reconnaissant à cette salope, puis à savourer ses œufs caoutchouteux, ses toasts froids et son café pisseux.

Et comme elle a été contente de contempler mon expression de joyeuse gratitude ! Elle me regardait manger avec l'air béat de la parfaite épouse dont le seul but dans la vie est de complaire à son seigneur et maître.

— Comment tu trouves le café, cheuri ?

— Excellent, ai-je menti.

— À Wollanup, le vrai café moulu, c'est une denrée rare. Celui-là, je le garde depuis trois piges. (Un café vieux de trois ans… Pas étonnant qu'il soit éventé et insipide à ce point.) Et tu sais pourquoi je le gardais ? Pour cet instant ! Mon premier petit déjeuner avec mon mari.

— Comme c'est mignon.

— Ouais, très, très mignon, a-t-elle roucoulé en venant se pelotonner contre moi.

— Raconte-moi un peu notre mariage, l'ai-je priée d'un ton soigneusement amène.

— Oh, c'était trop beau ! s'est-elle exclamée, de douces réminiscences allumant une lueur extasiée dans ses yeux. Ça s'est passé au pub et on a été mariés par mon papou. C'est comme qui dirait le juge de paix, chez nous autres. Mariage en blanc, évidemment. J'avais la robe en dentelle des noces de Moman, toi, très chic dans le costume en serge bleu qu'on avait emprunté à Oncle Les. Bon, vu que t'étais souffrant, on a dû t'amener dans un fauteuil roulant. C'est pour ça que nous avons prononcé nos vœux assis côte à côte, puisque tu tenais pas debout.

— Et qui a prononcé les vœux pour moi ? me suis-je enquis d'une voix toujours aussi suave.

— Oncle Gus. C'était ton témoin, aussi. Ah, c'est quelqu'un de génial, Gussie !

Je n'avais oublié ni ses trois paires de claques ni ses menaces de représailles physiques supplémentaires si je ne filais pas droit.

— Ouais. Un type fantastique.

— Tu aimes ton alliance ? m'a demandé Angie.

J'ai baissé les yeux sur la bague de pacotille passée à mon doigt. « Par cet anneau, je t'épouse et je te boucle… »

— C'est un bijou de famille ?

— On peut dire, ouais. Elle était au mari de Krystal, ma sœur.

— Ah… Et où est-il, maintenant ?

Angie a toussoté.

— Eh ben… il est mort.

— Récemment ?

95

— Y a deux mois.

— Ici ? À Wollanup ?

— Ouais.

— Que s'est-il passé ?

— Eh ben… un genre d'accident, a-t-elle lâché, très évasive.

— C'est-à-dire ?

— C'que je dis. Il s'est trouvé dans un accident.

— Quelle sorte ?

— De chasse.

— Un accident avec un fusil ?

— Voilà. Il a reçu une balle.

— Accidentellement.

Long silence, puis :

— Ouais. C'était rien qu'un terrible accident.

— Ta sœur doit être effondrée.

— Elle va mieux, maintenant.

— Déjà ? Après deux mois ?

— Eh ben, c'est que… Elle le connaissait pas depuis longtemps. (Elle a certainement dû regretter ce commentaire car elle est devenue rouge comme une tomate et s'est empressée de ramener la conversation à sa scène de roman Harlequin.) Moi, j'avais quatre demoiselles d'honneur en robe de satin rose et Mario, le fils cadet de Gus, il a que cinq ans, portait les alliances… Tout le monde a trouvé ça craquant, à cause de son prénom, tu piges ? Ringo ! ah ! ah ! Et après, il y a eu une superfête au pub. Plein de bibine et de boustifaille. J'ai dû m'envoyer une douzaine de pintes, rien qu'à moi toute seule.

— J'étais toujours là ?

— Non, il a fallu qu'on te ramène au poulailler, vu que tu commençais à t'agiter un brin. Gus a eu peur que tu perdes la boule si tu reprenais conscience au beau milieu de ton mariage.

— Très attentionné de sa part.

— Mais je t'ai mis de côté une part du gâteau nuptial ! Mélasse et chocolat. C'est ma tante Ruthie qui l'a fait. Tu l'veux maintenant ?

— Non, merci.

— J'aurais vachement aimé que tu voies toute la cérémonie.

— Et moi donc. Vous n'avez pas pris de photos ?

— Euh, non.

— Étonnant.

— Ouais, moi, j'aurais voulu mais… y a pas d'appareil, à Wollanup.

— Tiens ! Pourquoi ?

— C'est interdit.

— Hein ? Tu rigoles ?

— Nan. Prendre des photos, c'est illégal, ici.

— Selon quelle loi ?

— La nôtre.

— Mais c'est dingue !

— Comme je t'ai dit quand on s'est connus, la loi australienne, c'est pas la loi de Wollanup.

J'ai failli lui demander si cette dernière autorisait les enlèvements et les mariages forcés, notamment quand le promis avait été préalablement drogué, mais une fois encore j'ai choisi de me maîtriser avant d'éclater pour de bon. Car ce que je venais d'entendre était tellement insensé que j'aurais voulu hurler et tempêter jusqu'à la contraindre à renoncer à cette farce de cinglée. Sauf que, en observant ses yeux rêveurs tandis qu'elle évoquait les froufrous de notre union sous narcotiques j'avais compris qu'il ne s'agissait pas pour elle d'une sinistre blague. Elle s'était convaincue qu'elle voulait jouer au petit couple marié avec moi et elle attendait que je m'y prête sans ricaner, en respectant ses règles du jeu. Les règles de Wollanup.

— Écoute, cheuri, a-t-elle dit, me prenant les mains et plongeant son regard dans le mien, je sais qu'il va te falloir du temps pour t'adapter à notre façon de faire les choses, ici. On est tellement loin de tout qu'on a dû concocter nos coutumes à nous, nos valeurs à nous. Pour un étranger, ça peut paraître un brin dingo mais à nous, ça nous va très bien. Alors donne une chance à cette vie ici, s't'plaît, parce que je suis sûre que tu vas t'y plaire et que…

Elle a hésité, pesant soigneusement ses mots.

— … que j'voudrais pas que tu sois comme d'autres nouveaux venus qui ont débarqué ici et qui ne se sont pas adaptés. Pour eux, les choses ne se sont pas trop bien passées. Mais ça va pas être ton cas, hein ?

Que me restait-il à faire, sinon lui sourire niaisement et certifier que je saurais « m'adapter » ?

— Oh, t'es trop chouette ! a-t-elle déclaré en attrapant ma tête dans une affectueuse clé de bras. On va bien se marrer tous les deux, pas vrai ?

— Follement.

— Et tu devines à quoi on va passer les trois jours qui viennent ?

— Non. À quoi ?

— On va s'payer une lune de miel !

— Où ça ?

— Mais ici, bêta ! Au lit ! Les soixante-douze heures suivantes, j'm'en vais te sauter dessus comme un serpent à sonnette. Et je veux pas de résistance, compris ?

— Reçu cinq sur cinq, ai-je répondu, conscient de la nervosité notable de ma voix.

4

Angie a vite oublié sa menace de me retenir au lit soixante-douze heures d'affilée, heureusement. Contrairement à ce que j'avais redouté, elle n'a pas transformé notre « lune de miel » en un gymkhana sexuel épuisant. Tant que nous faisions la bête à deux dos trois fois par jour, de préférence avant les repas, elle était satisfaite, et bien que j'aie trouvé ce programme assez contraignant je n'ai pas repoussé ses avances. Mon objectif à court terme était de la contenter et de lui inspirer une certaine confiance dans notre harmonie pendant que je réfléchissais à mes options. Que cela signifie feindre l'extase triquotidiennement était un moindre mal. J'étais plus qu'un mari comblé, après tout : un otage, un captif, et puisque c'était ma geôlière qui, pour le moment, avait toutes les cartes en main, il était inutile de l'affronter directement.

« *Apprendre à te connaître/Apprendre à tout connaître de toi.../Apprendre à t'aimer/Et espérer que tu m'aimes en retour.* »

Pendant notre petite escapade en chambre, elle n'a cessé de passer et de repasser cette damnée chanson sur son tourne-disque, accompagnant la voix grésillante de Gertrude Lawrence dans *Le Roi et moi.*

C'était l'enregistrement de la version originale de cette comédie musicale, à Broadway.

— Où as-tu dégoté cette rareté ? l'ai-je interrogée alors qu'elle ramenait l'aiguille de la platine sur la même plage pour la énième fois.

— Cadeau de mariage de Gus ! Il a des tas et des tas de disques, chez lui. Il nous a donné ça et la BO de *West Side Story*. Y a de jolies chansons mais l'histoire fout les boules, tu penses pas ?

— Eh bien, c'est censé être Roméo et Juliette en Amérique.

— Qui ?

— Roméo et Juliette.

— Nan ! Ils s'appellent Tony et Maria, les amoureux !

— Mais ils sont inspirés de Roméo et Juliette.

— Jamais entendu causer.

« *Quand je suis avec toi/ Le soleil brille par-dessus les toits…* » Non seulement elle rejouait cet air six fois par jour mais il fallait qu'elle me donne la sérénade en passant ses bras autour de mon cou dans le plus pur style chorus-girl.

— C'est « notre » chanson ! proclamait-elle, m'obligeant à l'accompagner dans un pas de deux.

Pendant que nous nous balancions en rythme, je ne pouvais m'empêcher de me demander si tous ces mamours n'étaient pas destinés à m'amadouer jusqu'à ce que je finisse par me résigner à mon mariage « arrangé ». Telle que je la connaissais, en effet, Angie était à peu près aussi tendre qu'un demi de mêlée. Pourquoi ce garçon manqué toujours partant pour faire le coup de poing, écluser des bières et lâcher des pets se serait-il mué aussi soudainement en une mauvaise copie de la bobonne au foyer qui me servait mon petit déjeuner, faisait de la pâtisserie, me massait les pieds, allait me chercher mes savates, fredonnait ses chansons mièvres, qualifiait sa maison de « nid d'amour » et sortait des formules aussi horripilantes que « Je suis ton esclave sexuelle » ?

Le nid d'amour en question n'avait d'ailleurs rien de très romantique et s'apparentait plus à un taudis. C'était une bicoque d'une seule pièce aux murs en aggloméré et dont le toit en tôle reproduisait le son de deux cents maracas les rares fois où une averse de cinquante secondes tombait par là. Un bout de moquette anglaise avait été étendu devant le canapé en plastique vert bouteille qui accumulait dans ses coussins toute la touffeur de l'outback, lesquels se transformaient en sauna fessier dès que l'on avait le malheur de s'asseoir dessus. Le seul autre élément de mobilier était un vieux siège-poire en velours côtelé rouge qui vous obligeait à inhaler une odeur corsée de poils de chien si vous décidiez de vous y vautrer. Derrière l'un des rideaux de perles commençait la « cuisine-salle-à-manger » – un évier, un réchaud, un frigo miniature, une table de bridge et deux chaises métalliques vertes, le tout pliant –, l'autre étant supposé dissimuler notre grand lit mou, assez confortable tant que ni elle ni moi ne roulions dans la crevasse de sa partie centrale. Une couverture clouée dans l'embrasure d'une porte masquait le cabinet d'aisances, formé d'un bac à douche et d'une cuvette chimique à vider une fois par semaine. Pour se distraire, il y avait la bibliothèque d'Angie – six ou sept romans à l'eau de rose où l'infirmière tombait invariablement amoureuse du médecin et inversement –, son tas de 45 tours antiques et les deux disques de musique de film offerts par le tonton. Point barre.

— C'est t'y pas coquet, notre chez-nous ? a-t-elle susurré en me serrant un peu plus contre elle tandis que nous continuions à nous trémousser, accompagnés par les voix veloutées de Yul Brynner et Gertrude Lawrence.

— Ouais. La déco est vraiment réussie.

— Faudra le dire à Papou, comme tu aimes ici, quand tu vas lui être présenté. C'est lui qui l'a construite. Un cadeau de mariage.

— Pour *nous* ?

— Ouais, enfin, pour moi et pour le mari que je finirais par ramener.

— Attends ! Tu veux dire que tu es partie faire la route parce que tu te cherchais un mari ?

Elle s'est raidie dans mes bras.

— Sûr que non ! Simplement, je t'ai rencontré, toi, et j'ai compris aussi sec que tu étais ce qu'il me fallait.

— Je vois.

Mon ton cassant l'a visiblement contrariée, car elle s'est écartée en me lançant un regard mauvais.

— Tu me crois pas, c'est ça ?

Danger, terrain miné.

— Mais si, je te crois, Angie.

— Alors me pose plus de questions de balochard.

— Pardon.

— C'est notre lune de miel, je veux pas qu'on me la gâche.

La bobonne exemplaire était redevenue la cambrousarde pas commode que je connaissais et qui me flanquait les chocottes.

— Si on allait marcher un peu ? ai-je suggéré.

— Pas besoin de marcher, putain ! a-t-elle coupé, sans plus cacher sa sombre humeur.

— C'était juste une idée, Angie.

— Une idée à la con.

— OK, on oublie.

— Si tu veux faire un putain de tour, t'attends que la putain de lune de miel est finie et tu fais tous les putains de tours que tu veux !

Elle hurlait, soudain, et moi j'étais halluciné. Abasourdi par ce revirement à la Jekyll et Hyde. Et par le peu qu'il fallait pour péter un câble…

— Angie, s'il te plaît…

Malgré mes inflexions conciliantes, elle a continué à bouillir, allant et venant dans la pièce comme une lionne en cage.

— Tête de nœud d'Amerloque, faut qu'il esquinte tout, vain nom ! Je m'échine à faire une maison bien avenante, une gentille vie pour lui, et il veut aller « marcher » ! Ah, j'pourrais te tuer, j'devrais ! J'vais te casser ton gros cul d'Amerloque, putain de merde, j'vais…

Je l'ai saisie par les épaules et je l'ai secouée. Fort.

— D'accord, d'accord, ça suffit ! ai-je crié mais elle était incontrôlable, maintenant, et elle m'a repoussé, m'envoyant plusieurs bourrades dans le thorax tout en glapissant : « Ça suffit pas, non, ça suffit pas… »

Son poing m'est arrivé dans la figure. Une fois, deux fois. La première à l'œil gauche ; la seconde, en plein pif, m'a envoyé valser de l'autre côté de la pièce. Je suis tombé sur le canapé. Des gouttes de sang, jaillies de mes narines, ont fleuri le plastique surchauffé.

Un calme étrange a envahi la bicoque, le genre de silence irréel qui suit un accident de voiture. Des sanglots l'ont bientôt rompu. Flot de larmes, remords cuisant :

— OhmonDieumonDieumonDieumonDieu, a-t-elle gémi en se précipitant sur moi.

Elle m'a enlacé, m'a pleuré dans le cou pendant que son tee-shirt se couvrait de mon sang. En pleine repentance désormais, elle s'est mise à hululer une sorte d'acte de contrition brindezingue :

— Pourquoimaispourquoimaispourquoimaispourquoij'aifaitça ?

Répété en boucle, jusqu'à ce que viennent les excuses éplorées, qu'elle a répétées dans la même transe expiatrice que ses « Pourquoi ? » J'ai lu quelque part que les accros à la violence domestique procèdent souvent de la même manière : après avoir démoli le portrait de leur épouse, ils tombent à genoux et implorent son pardon. Je savais qu'Angie voulait désespérément que j'accepte de lui pardonner, mais j'étais tellement anesthésié par le choc que je ne pouvais pas ouvrir la bouche. Jusqu'à ce que la douleur apparaisse, du moins.

— Va chercher de la glace, ai-je susurré en remuant les lèvres aussi peu que possible.

Elle a couru au réfrigérateur, manqué d'en arracher la porte, et s'est mise à fouiller hystériquement le minuscule compartiment de congélation. Elle a secoué la tête et s'est tournée vers moi, une expression affolée sur les traits.

— Y a pas… de glaçons.

— De la viande crue, alors.

Elle a jeté le contenu du frigo autour d'elle jusqu'à exhiber ce qu'elle cherchait, un morceau de bidoche congelée d'une trentaine de centimètres de long et d'un bleu suspect.

— C'est quoi, ça ?

— Un steak de kangou.

— Du… kangourou ?

— Ouais. C'était pour le dîner de ce soir.

— C'est tout ce que tu as ? (Elle a fait oui de la tête, guettant mes ordres d'un regard anxieux.) Alors, amène. Et trouve-moi quelque chose pour essuyer le sang.

Elle est revenue à toutes jambes avec le steak et un torchon grisâtre plein de traces d'œuf séché. Après m'être allongé sur la poire, j'ai enfoncé deux coins du torchon dans mes narines et j'ai appliqué la viande de kangourou sur mon nez sanguinolent et mon œil en cocarde. D'un bond, Angie s'est agenouillée près de moi et m'a bercé la tête tout en recommençant à pleurer comme une fontaine.

— Je sais pas… je sais pas quoi dire, je…

— Ne dis rien.

— Tu ne vas jamais… me pardonner !

Ça, c'est certain, ma petite. Parce que tu es cinglée. Bonne pour l'asile. Et tout ce qui me retient de t'en coller une bonne, c'est le prix que j'aurais certainement à payer pour des représailles trop énergiques. Ton lit est encore préférable au plancher de ce putain de poulailler. De plus, je pourrais peut-être exploiter tes remords pour obtenir enfin une réponse à deux ou trois questions…

— Mais si, je te pardonne.

Son visage s'est éclairé d'un coup.

— C'est vrai ? T'es sincère ?

— Ouais, mais… Il faut que je sache quelque chose.

— Tout, tout ce que tu veux ! Quoi ?

J'ai pris ma respiration et je me suis lancé :

— Pourquoi je suis ici ?

Elle m'a contemplé avec de grands yeux interloqués.

— Je… je comprends pas.

— Qu'est-ce que je fais ici ? Avec toi ? À Wollanup ?

— Mais… on est mariés. C'est pour ça que t'es là.

J'ai composé ma réplique avec la plus grande prudence :

— Le problème, c'est que… je ne voulais pas me marier.

— C'est un mensonge ! s'est-elle exclamée, à nouveau très agitée. Tu m'as… tu m'as demandé ma main.

Première nouvelle.

— Quand ça ?

— Dans ton… minibus. Après qu'on a eu cette prise de bec et que j'ai passé la nuit sur la plage, tu te souviens ? Je suis revenue le matin et je t'ai dit : « Tu veux que je parte ? » Et toi, qu'est-ce que t'as fait ?

La scène m'est revenue à l'esprit avec une précision embarrassante.

— Je t'ai dit de venir te coucher, ai-je concédé.

— Ouiii ! Mais avant de me fourrer avec toi sous les draps, je t'ai posé encore la question, si tu voulais vraiment vraiment vraiment qu'on soit ensemble, et tu as répondu « oui ». Très très très très clairement oui. Et voilà tout l'truc, mon loup.

— Ce n'était pas une demande en mariage ! ai-je protesté sans dissimuler entièrement l'exaspération dans ma voix.

— Comment t'appelles ça, alors ?

Une grotesque tentative de jouer les tombeurs ? Tout ça pour tirer un dernier coup, imbécile que j'étais !

— Je… je ne voulais pas qu'on se quitte fâchés, c'est tout.

— C'est *pas* ce que t'as dit. C'est *pas* ce que t'as promis.

— Hein ? Je ne t'ai rien promis !

— Comme je vois les choses, dire que tu voulais vraiment vraiment vraiment vraiment être avec moi, c'était un… engagement. Envers *moi*. Et de toute façon, rien que le premier jour où on s'est connus, tu m'as bien dit que tu voulais une femme, une famille…

— Hé, minute !

— T'as eu ces mots-là ! Je me rappelle le moment comme hier. Tu m'as raconté que tes parents étaient plus là, que t'avais pas de famille. Et moi, j'ai dit comme ça : « Tu voudrais pas en avoir une ? » et t'as fait une tête de petit garçon tout tristoune, et t'as dit que t'avais jamais eu l'occasion.

L'air du petit garçon lâché seul dans le monde. OK. Mais, bon, ce n'était pas conçu comme une demande d'adoption…

— Écoute, Angie. Écoute-moi bien. De toute évidence, il y a eu un monstrueux malentendu et…

J'aurais dû trouver des termes plus adéquats, à en juger par l'air furibond qui réapparut sur ses traits.

— Il n'y a rien de monstrueux là-dedans, l'Amerloque. Tu voulais une famille, tu m'as demandée en mariage, j'ai accepté, je t'ai conduit ici. Fin de l'histoire.

— Tu m'as drogué !

— T'étais patraque, à Broome, alors j'ai…

— C'est faux !

— C'est vrai, si. Tellement, que tu ne pouvais même pas te lever de ta couchette ! Je t'ai donné un médicament qui t'a pas convenu comme il faut et qui t'a mis dans le cirage pendant trois jours. Résultat, c'est moi qu'ai dû me taper toute la route jusqu'ici !

— Et les noces ?

— Eh bien ? On arrive ici, t'es encore tout chose, ils avaient tout préparé, alors on a décidé de le faire quand même.

— Même avec un fiancé dans les vapes ?

— Même.

À moi de perdre mon calme, pour changer.

— Tu espères sérieusement que je vais gober ces conneries de merde ? ai-je éructé.

— Me parle pas comme ça, ou…

— Tu m'épingles à Broome, tu me traînes ici, tu m'épouses sans mon consentement et après tu essaies de t'en tirer en montant cette histoire que j'aurais demandé ta main dans un langage codé que tu es la seule à comprendre ? Tout ce que je voulais, c'était baiser avec toi, Angie. Pigé ? Te tringler ! Rien d'autre, espèce de tarée de…

Je n'ai jamais pu terminer ma phrase. Angie l'a interrompue d'un autre direct au nez qui a envoyé le steak voltiger dans les airs et provoqué une nouvelle hémorragie nasale. La douleur a été immédiate, cette fois, et j'ai glapi comme un cochon à l'abattoir. Les mains tremblantes, Angie s'est empressée. Elle a trouvé un autre torchon pour éponger le flot de sang, m'a conduit jusqu'au lit, a remis la viande sur mon visage en feu, m'a apporté deux cachets d'aspirine et une canette de bière tiédasse. Son travail d'infirmière achevé, elle a allumé la platine et commencé à fredonner à l'unisson. Toujours *Le Roi et moi*. « Un baiser sans le soleil » : « … *Et nous dirons au ciel/ Regarde et crois ce que tu vois/Vois comme mon amant est fou de moi.* »

Nous n'avons plus échangé un mot de la soirée. L'aspirine avalée et la bière bue, j'ai serré les dents jusqu'à ce que le sommeil m'emporte.

À mon réveil, au petit matin, je ne sentais plus du tout le côté gauche de ma tête. Malgré mes narines obstruées de sang séché, j'ai capté une odeur de friture venue du coin cuisine. Angie, qui m'avait entendu bouger, est arrivée en trombe et m'a collé un énorme baiser sur les lèvres.

— Jour, cheuri ! a-t-elle pépié avec la gaieté mutine d'une jeune mariée. Comment va mon vieux mari aujourd'hui ?

Elle faisait comme si rien ne s'était passé. Pas de dispute, pas de coups, pas de nez éclaté, pas de responsabilité vis-à-vis du passé. « Voici le premier jour de la vie qui te reste à vivre, semblait-elle dire. À Wollanup. Fais-moi un grand sourire et essaie de rester entier. »

— Le mari va bien. Très bien.

— Un p'tit déj au plumard, cheuri ?

— Avec plaisir. Qu'est-ce que tu as prévu ?

— Steak de kangou pour mon cheuri.

5

Le reste de la lune de miel a été un franc succès. Pas un éclat de voix, pas un poing levé, pas un œil au beurre noir. Je n'ai pas proposé une seule fois d'aller faire un tour. Non, nous sommes restés dans notre « nid d'amour » pour jouer au couple *just married*.

Il y a certes eu un moment délicat, lorsque j'ai évoqué avec diplomatie le terme de contraception. Alors que je m'attendais à perdre deux ou trois dents en raison d'une telle audace, Angie a conservé un flegme étonnant quand elle m'a écouté aborder le sujet :

— Pendant que t'étais patraque, j'ai eu mes trucs sans problème. Ça veut dire qu'on a toute une semaine devant nous avant de devoir faire gaffe. Tu vois, cheuri, y a pas de souci. Tout baigne.

Si *Le Roi et moi* continuait à garder indiscutablement la tête du hit-parade d'Angie, j'ai réussi à caser quelques tubes des années 1960 dans son marathon des œuvres de Rodgers et Hammerstein, mais, chaque fois que je passais un air de ma jeunesse, style « Bus Stop » ou « Sloop John B », ce rappel de ma condition d'exilé finissait par troubler ma résignation.

— Tu veux écouter quelque chose de vraiment bath ? m'a demandé Angie en posant un microsillon sur le tourne-disque.

Un solo de basse en intro a fait vibrer le haut-parleur rudimentaire. Reconnaissable entre mille, de même que la voix râpeuse d'Eric Burdon qui a suivi. Je n'ai pu réprimer un sourire. C'était « We Gotta Get Outta This Place », le vieux tube des Animals. Et comment, qu'il « fallait qu'on se tire d'ici » ! Remarquant mon sourire, elle m'a interrogé :

— C'était une de tes chansons préférées, dans l'temps ?

— C'est une de mes préférées *aujourd'hui*…

Comme elle n'avait pas saisi l'ironie de ma réplique, et qu'elle voulait toujours me faire plaisir, elle s'est mise à la passer avec presque le même acharnement que ses comédies musicales, ce qui me convenait très bien : « We Gotta Get Outta This Place » est devenu ma bande originale à moi, mon hymne national, mon programme d'urgence.

— À la graille !

Cette annonce appartenait elle aussi à notre train-train quotidien, désormais. Après chacun de nos trois coïts quotidiens, Angie sautait du lit, sprintait à la cuisine, disparaissait pendant une heure ou deux avant d'émerger avec l'appel enjoué du « À la graille ! », une invitation que j'en suis venu à redouter autant que son infâme tambouille. Évidemment, il n'y avait pas que son absence totale de talent culinaire à blâmer, puisqu'elle devait se débrouiller avec les très modestes ressources de Wollanup. Il était impossible de trouver des produits frais, à part la viande de kangourou, chassé sur place et avec acharnement.

— Les courses, chez nous autres, c'est limité, a-t-elle expliqué. Le lait et les œufs, on les a seulement en poudre. Pas de vaches ici, donc ni lait ni fromage. Les légumes, c'est pas des vrais : carottes, haricots, tomates, maïs, tout est en boîte. Si t'es lassé du kangou, c'est soit le corned-beef ou les boîtes de Spam. Les fruits, t'as peu de choix : ananas ou pruneaux en boîte. Et si tu digères pas l'eau de notre réservoir, faut aimer la bière parce qu'il y a rien d'autre à picoler, par ici.

Je comprenais maintenant pourquoi ses œufs du matin empâtaient la bouche, pourquoi un simple verre d'eau laissait un arrière-goût de métal et de pierraille sur le palais. Mais cela ne dissipait pas l'angoisse provoquée par les « À la graille ! » d'Angie, car les trésors d'imagination qu'elle déployait pour pallier la carence des matières premières disponibles se soldaient régulièrement par un échec affligeant. Après des heures passées devant le réchaud, elle déclamait fièrement le menu du jour.

— Tu vas te pourlécher, cheuri : steak de kangou pané à la bière, sauce ananas.

— Ç'a l'air grandiose, disais-je d'une voix hésitante.

— Pour le petit déj, j'ai essayé quelque chose de nouveau : omelette espagnole.

— Comment tu la fais ?

— Spam, carottes, œufs en poudre.

— Eh bien…

— Et comme c'est notre dernière nuit de lune de miel, ce soir, je me suis surpassée : corned-beef en daube aux pruneaux flambés.

— Tu es incroyable.

« À la graille ! » Oublions mon pif en chou-fleur : la véritable torture de ces jours d'intimité conjugale,

112

ç'a été ce défilé de monstruosités gastronomiques. Contre toute attente, j'espérais qu'Angie finirait par se fatiguer de ses épuisants efforts créatifs dès que nous allions sombrer dans la routine domestique ou, mieux encore, qu'elle renoncerait entièrement à la cuisine et me laisserait m'occuper des repas.

Non que j'aie eu pour projet de m'éterniser dans ces simagrées conjugales, bien entendu. Sitôt qu'elle me permettrait de sortir et d'explorer Wollanup, je commencerais à travailler sérieusement sur le plan qui me permettrait de prendre la poudre d'escampette en pleine nuit, ni vu ni connu. Il existait toutefois une petite difficulté qui compromettait déjà l'évasion tant désirée : mon passeport et mon argent étaient introuvables.

Je m'en suis aperçu le dernier jour de notre huis clos nuptial, quand Angie m'a finalement autorisé l'accès aux vêtements que je n'avais pas sur moi. Jusque-là, elle était restée très évasive quant au sort de mes effets personnels et elle avait insisté pour laver à la main tous les soirs mon short, mon tee-shirt et mon caleçon, qu'elle étendait sur le canapé en plastique afin qu'ils soient secs le lendemain matin. Bien qu'ayant jugé cette lessive quotidienne plutôt étrange, j'avais tellement pris l'habitude de voir la bizarrerie être la norme, ici, que je m'étais abstenu de toute question, soucieux également de ne pas rompre notre trêve.

Mais les choses ont pris une autre tournure lorsque j'ai « maladroitement » renversé la moitié de mon assiette de daube de corned-beef aux pruneaux dans mon giron, un stratagème destiné à m'éviter de la finir.

— C'est malin, a soupiré Angie en se levant. Bon, j'vais te chercher des rhabillures propres.

— Quoi ? Mes affaires sont ici ?

— Ben, ouais.

Elle s'est accroupie près du lit et a sorti de dessous la petite cantine du minibus dans laquelle j'avais rangé toutes mes frusques.

— Elles sont là depuis le début.

— Tu ne me l'avais pas dit.

— Tu me l'as pas demandé, cheuri.

Elle a soulevé le couvercle tandis que je me dépouillais de ma tenue daubée. Après avoir pris un tee-shirt et un short de rechange, je me suis livré à un rapide inventaire. Tout était là, à part le passeport et la liasse de chèques de voyage que j'avais cachés au fond de la cantine.

— Euh, Angie ? Cela me gêne d'avoir à te dire ça, mais il manque quelque chose.

— Passeport et fric, c'est ça ?

— Tu les as ?

— Nan. J'les ai remis à Oncle Les. Lester, mais on l'appelle tous Les.

— Et… pourquoi ?

— Ben, c'est l'banquier de la ville.

— Il y a une banque à Wollanup ?

— Juste un coffre-fort. C'est Les qui en est responsable. Enfin, tout est sous clé, donc *no soucy*. Mais dis donc, tu m'avais pas raconté que t'étais plein aux as ! Six mille et cinq cents dollars de l'Amérique ! Ça en fait, de l'oseille…

— C'est le seul argent que j'aie au monde.

— Ah… Avec Les, il est bien en sûreté, en tout cas. Et de toute façon, on se sert pas d'argent à Wollanup.

— Hein ?

— Non. Tout marche avec les crédoches, chez nous autres. Tu verras comment ça fonctionne demain, après ton boulot.

114

— Parce que je vais travailler, demain ?

— Quoi, il t'a pas prévenu, Gussie ? Tu vas aider Papou à son garage. À propos, c'est là qu'est présentement ton bahut…

— Pourquoi il est là-bas ?

— Y a eu une série de problèmes mécaniques sur la route du retour. Mais t'inquiète, Papou s'en occupe.

— Il sait ce qu'il fait ?

Angie m'a regardé d'un air scandalisé.

— Papou est l'meilleur ! De la visite ! a-t-elle gazouillé, ravie, car à cet instant on avait frappé à la porte.

Elle est allée ouvrir. C'était Gus, dans le même jean sommairement raccourci, mais aujourd'hui sur son torse squelettique il arborait un vieux tee-shirt « Rolling Stones at Altamont ».

— *Peace and love !* Comment vont les tourtereaux ?

— Formid ! a assuré Angie en lui tendant une canette de bière.

Tout en l'ouvrant, il a remarqué mon cocard et mon nez enflé.

— On dirait que t'as eu une lune de miel d'enfer, mon gars ! a-t-il commenté en m'envoyant un coup de coude taquin dans le flanc.

— Ouais, d'enfer, ai-je approuvé d'un ton sibyllin.

— Ç'a été géant ! est intervenue Angie en me cravatant comme à son habitude.

— Bon, désolé de gâcher la fête, a repris Gus, mais c'est qu'ils veulent te voir tout de suite.

— Qui ça, « ils » ? me suis-je informé.

— Le conseil municipal. C'est-à-dire moi et les trois autres chefs de famille de la ville. On est en que'que sorte le comité d'accueil, tu vois ?

— Ah, tu vas rencontrer Papou ! s'est exclamée Angie.

— Ouais, il lui tarde vachement de connaître son gendre, a fait Gus. Et une fois qu'on aura fini avec le... l'accueil, quoi, tu vas avoir l'occase de vider que'ques pintes avec tous ceux de Wollanup, vu que notre réunion mensuelle du conseil, elle se tient au pub.

— Comme ça, je vais pouvoir te montrer à tous les autres, cheuri !

— Est-ce que ce... Les fait partie du comité d'accueil ? ai-je voulu savoir.

— *Natürlich*, a confirmé Gus, puisque c'est un de nos chefs de famille.

— Parfait. Je voudrais lui poser quelques questions sur les pratiques bancaires à Wollanup.

Gus a tenté de réprimer un sourire sardonique.

— Pour sûr qu'y va t'expliquer tout ce que tu veux savoir sur le sujet. On y va ?

— Il ne faut pas que je me change ?

J'avais pensé qu'il serait sans doute préférable d'apparaître devant ma belle-famille dans une tenue un peu plus recherchée, mais là encore Gus a trouvé ma question très amusante.

— Hé, mon pote, t'es déjà sur ton trente et un, si on suit la tendance de chez nous !

Me serrant dans ses bras, Angie a murmuré que c'était notre première séparation depuis notre mariage. Elle aimait le mélo, cette fille. Je lui ai répondu que nous allions certainement y survivre, avant d'être envahi par un soulagement monumental quand Gus a rouvert la porte et m'a poussé dehors. La lune de miel et mon assignation à résidence étaient officiellement terminées.

116

Il était environ six heures du soir. Dans le bush, c'est le moment où le soleil est comme une noix de beurre dans une poêle chauffée à blanc : liquéfié, crépitant, en train de virer au brun doré caramel. J'ai aussitôt regretté d'avoir pris une grande goulée d'air, car elle m'a ramené à la pestilence de la montagne d'ordures que j'apercevais maintenant et qui dominait les proportions mesquines de la petite ville.

— Ça schlingue comme y faut, pas vrai ? a demandé Gus en me voyant éternuer et hoqueter.

— Mais… comment pouvez-vous supporter une horreur pareille ?

— Tu t'y feras. De toute façon, on va cramer le tas dans une quinzaine d'ici. C'est comme qui dirait une fête locale, tous les trimestres : on met le feu en haut de la pile et on fait un barbecue.

— Ça ne vous est jamais venu à l'idée d'enterrer vos ordures, au lieu de les laisser s'amonceler comme ça ?

— L'sol est trop dur, vain nom ! C'est que, tu vois, ici, on est un brin encerclés par cette putain de Mère Nature !

Suivant des yeux le mouvement de sa main qui indiquait l'horizon, j'ai succombé à un désespoir accablé. Plus qu'encerclé, le hameau était emprisonné par le bush. Otage d'une géographie sadique. Wollanup s'étendait en effet au fond d'une vallée, ou plutôt d'une dépression aride et encaissée, creusée entre de hautes falaises de schiste rouge rongé par l'érosion, et qui faisaient autour de nous une sorte de muraille primitive autour d'un château préhistorique. Si l'on se perchait sur ces promontoires de cent mètres de haut, ce que l'on apercevrait à ses pieds serait exactement cela : les derniers confins du monde, un abîme livré au soleil, une fosse sans issue. Mais d'ici la vision était inverse : c'était celle d'une barrière rougeâtre infranchissable que les dieux de la topographie avaient dû édifier en se disant : « Essaie un peu de sortir de là, pauvre con ! »

J'étais sous le même choc qu'un criminel qui, après une interminable succession de couloirs sombres, découvre soudain la formidable sévérité du quartier de haute sécurité où il a été enfermé. Et Gus remplissait très bien le rôle du maton appréciant en silence l'étendue de ma consternation en découvrant l'espace étriqué dans lequel on m'avait jeté. J'avais l'impression qu'il lisait dans mes pensées, que la panique brouillait encore plus, alors que mes yeux parcouraient follement les murailles naturelles à la recherche d'une faille, puis suivaient la seule route qui traversait le village et serpentait en s'éloignant dans les hauteurs, une route non asphaltée… avec la soudaine certitude qu'il s'agissait sans doute là de la seule échappatoire possible.

Oui, il devinait ce qui se passait dans ma tête, c'était certain, au point que son « Allons-y ! » avait presque une nuance de commisération, comme s'il voulait me préparer à d'autres mauvaises surprises.

Lorsque j'avais été libéré de mon poulailler et que j'avais eu un bref instant de conscience avant que le soleil et les contrecoups du sédatif ne me terrassent à nouveau, juste avant de tomber dans les bras déjà tendus d'Angie, il m'avait semblé que Wollanup était une bourgade faite de bric et de broc, bâclée, victime de son isolement. Mais rien n'aurait pu me préparer à la totale abjection de cet endroit, à sa réalité obstinément repoussante.

Commençons par la fameuse route. Simple ruban d'argile rouge tassé par le trafic, elle était trouée d'ornières vicieuses, constellée de merdes de chien et bordée de déchets, puisque les braves gens de Wollanup avaient visiblement coutume d'abandonner là tout ce qu'ils jugeaient trop lourd pour être porté à la décharge himalayenne : vieux frigos, fauteuils défoncés et maculés de chiures d'oiseau, fragments de carcasses de voiture, un sac de ciment à moitié entamé ou une cuvette de toilette de-ci de-là, mais aussi – et là, j'ai eu du mal à en croire mes yeux – une demi-douzaine de têtes de kangourou à divers stades de décomposition, bien que toutes aient apparemment fait les délices des meutes de clebs que l'on voyait partout. Plusieurs de ces créatures aux yeux fous et aux babines écumantes étaient en ce moment même occupées à se disputer ce qui ressemblait aux entrailles de quelque animal dans une cacophonie de jappements et de grognements.

Notre havre domestique s'élevait à l'un des deux confins habités de cette artère infernale, qui continuait ensuite à travers un vaste plateau caillouteux, lequel s'étendait sur trois kilomètres ou plus avant d'aller buter contre les remparts de schiste. En face de la nôtre, il y avait encore trois autres bicoques plus ou moins achevées. C'était la banlieue nouvelle de Wollanup, car le noyau urbain proprement dit se trouvait à environ cinq cents mètres de là, sous la forme d'un alignement de masures en aggloméré brut, toutes couvertes de tôle ondulée, complétées de latrines extérieures à l'arrière et, sur la façade, de grotesques tentatives de véranda bâties en pin noueux. Un bidonville de l'outback. Époque primitive.

Encore plus loin débutait le « centre-ville», avec son école – un simple auvent qui abritait une dizaine de pupitres et un tableau noir –, sa centrale électrique, un bloc de béton situé au pied du monceau de détritus, son unique magasin en forme de cube en plaques d'aluminium. Tout comme le principal bâtiment de l'agglomération : une sorte d'entrepôt tout en longueur, surplombé par un écriteau grossièrement peint. « VIANDES WOLLANUP », annonçait-il.

Et puis il y avait le pub. Un monument historique, aurait-on pu dire en comparant ses bardeaux blancs et son toit en ardoise à toutes les cabanes à lapins qui l'entouraient, et aussi l'unique gratte-ciel de la ville puisqu'il avait un étage, lequel surplombait une galerie couverte aux piliers en fer forgé. À l'intérieur, un grand bar en bois verni en fer à cheval devant un alignement d'armoires frigorifiques qui montaient jusqu'au plafond. La décoration des murs était assurée par deux néons publicitaires pour des marques de bière, une tête de kangourou empaillée et un grand drapeau australien accroché tête en bas. Un escalier de bois branlant conduisait à un petit bureau où, au milieu d'un mobilier exclusivement métallique – table, chaise, coffre-fort, classeurs –, trois très gros bonshommes attendaient le plaisir de m'accueillir.

— Eh bien, voilà le foutu Amerloque ! a annoncé joyeusement Gus quand nous sommes entrés dans le réduit. Y sort juste de sa lune de miel. Elle lui a bien arrangé le pif et son quinquet, pas vrai ?

Le trio n'a pas daigné sourire. Ils avaient tous la cinquantaine, comme Gus, mais, contrairement à lui, ils étaient bâtis en vrais Cro-Magnons, cent cinquante kilos au bas mot et une carrure de gorille. Malgré mon mètre quatre-vingts, j'avais l'air d'un nain.

— Ça, c'est Robbo, a fait Gus en me montrant un type aux battoirs de kangourou et au front garni d'une énorme verrue poilue. Y s'occupe de notre entreprise de boucherie. (Robbo m'a salué d'un grognement.) Et ça, c'est Les. (Quatre dents dans la bouche, un nez bourgeonnant de soiffard et une peau qui faisait penser à une culture de bacilles.) En charge du magasin, c'est aussi le trésorier de la ville.

— Jour, a grommelé Les d'une voix morne.

— Et enfin, ton beau-père, Papou.

Près de deux mètres de haut, sans un poil de graisse, celui-ci était vêtu d'une salopette sans chemise, avec une caboche en chou-fleur, des bras massifs comme des troncs d'arbre, des yeux sombres, impénétrables et une poignée de main qui m'a fait grimacer de douleur.

— Alors, c'est toi, l'enfoiré, a-t-il articulé lentement.

J'ai réussi à former un vague sourire en attendant la suite.

— On t'a volé ta langue, mon gars ?

— Non, monsieur...

— Alors réponds quand je te questionne, putain.

— Je... Quelle question ?

— C'est toi, l'enfoiré qu'a tronché ma fifille à Broome ? C'te question.

— Eh bien, euh, j'imagine que...

— Comment ça, « t'imagines » ? Tu sais pas si tu la tronchais ou pas ?

Les présentations commençaient mal.

— Si, je sais, je sais.

— Bon coup, ma Princesse ?

— Euh, monsieur, s'il vous plaît, je...

— S'il m'plaît quoi ?

— Eh bien, c'est que nous... sommes mariés, maintenant.

— Foutument vrai, ça. Je me rappelle la noce. Ce qui est pas trop ton cas, j'parie. (Les beuglements hilares du quatuor ont fait vibrer la pièce.) Princesse m'a dit que t'es comme qui dirait un journaleux.

— C'est exact.

121

— Pas vraiment besoin de journaleux, à Wollanup. Primo, y a pas de journal, et deuzio presque personne sait lire. (Les quatre ont de nouveau ri à s'en faire péter la panse. Eux au moins prenaient du bon temps...) Mais Princesse m'a dit aussi que tu t'y connais un brin en mécanique. Vrai ?

— Sans doute, oui. Je m'occupais de ma voiture en Amérique et j'ai entretenu le minibus que j'ai acheté ici.

— Et combien t'as casqué pour c't'oignon ?

— Je... Deux mille cinq.

Exclamations incrédules, suivies d'une nouvelle gondolade générale.

— Deux mille et cinq pour un bastringue pareil ? a repris Papou en secouant la tête. T'étais *vraiment* malade, alors...

— Il a tenu de Darwin jusqu'ici, non ?

— Ouais, mais c'est plus rien qu'une épave, maintenant. Le carbu est foutu et y a deux soupapes mortibus. À part ça, il est impec. M'enfin, tu vas commencer par le retaper demain matin, parce que ma Princesse m'a d'mandé de te dégoter du boulot à mon garage. M'est avis qu'elle a pensé que t'étais un peu trop chochotte pour faire « son » taf à elle.

— C'est-à-dire ?

— T'veux dire qu'elle t'a pas dit ? Et que t'as pas même demandé ? Mais à quoi vous étiez tant occupés tous ces jours, vous deux ? (Ricanements graveleux.) Alors que tu saches, mecton. Princesse, comme à peu près tous ceux de Wollanup, elle bosse à l'abattoir. C'est not'seule industrie, not'seule source de revenus. C'est ce qui fait que cette ville tient debout. Par la bidoche.

— Sûr que ta bourgeoise est experte, au couperet, est intervenu Robbo. Je serais toi, j'ferais gaffe.

Qu'est-ce qu'ils aimaient rire, mes nouveaux amis !

— T'as déjà abattu un kangou, mon gars ? m'a demandé Robbo lorsqu'ils se sont calmés.

— Moi ? Euh, non, jamais...

— Si tu veux t'instruire, viens à l'usine. C'est ce qu'on fait toute la sainte journée, nous autres : on transforme les kangous en pâtée pour chiens et chats. On se marre comme des p'tits fous.

— J'pense pas que ça t'fera marrer, hein, l'journaleux ? a remarqué Papou. J'pense pas que ce soit ton idée d'une pinte de bon sang, pas vrai ? T'as encore perdu ta langue, l'journaleux ? Ou faut que j'pense que t'as rien à dire pasque que t'es trop content d'être ici ?

— Non, ai-je lâché d'une voix rauque. Je... Je ne suis pas content, non.

Papou m'a lancé un sourire malicieux.

— Un peu de franchise, enfin ! Et j'suis franchement marri d'apprendre ton, euh, mécontentement mais tout ce que je peux dire à c'sujet, c'est... carrele-toi dans le cul, mon gars ! Tu l'as tronchée une fois, tu l'as tronchée deux fois, tu continues à la troncher, alors maintenant assume tes actes. Comme t'as dû t'en apercevoir, elle prend ces choses-là au sérieux, Princesse. Et moi itou, par voie de conséquence. Très personnellement, j'vois pas c'qu'elle trouve à un peigne-cul dans ton genre. Mais t'as demandé sa main, elle a accepté et maintenant...

— Je ne l'ai pas demandée en mariage ! ai-je glapi, regrettant aussitôt cette impulsion, car Papou a adressé un signe de tête navré à ses acolytes avant de tourner vers moi des yeux pleins d'une fureur assassine.

— T'as pas dit ça, si ?

— Nnnn... (Les mots se bloquaient dans ma gorge.) Non...

— Plus fort.

123

— Je n'ai pas dit ça ! ai-je pratiquement hurlé.

— T'as fait ta demande, qu'elle a acceptée, c'est bien dans cet ordre qu'ça s'est passé ? T'entends ? a-t-il beuglé contre mon tympan, alors que je tergiversais un court instant.

— Absolument !

— Bien ! Pasqu'autrement, tu serais en train de dire que Princesse est une menteuse. Et elle l'est pas, menteuse, si ?

— Non, non.

— Le foutu menteur, c'est toi.

— C'est moi.

— Très bien. Je pense qu'on commence à s'comprendre, toi et moi. Tu crois pas ?

— Si, je crois.

— Alors, écoute soigneusement ce que je vais te dire. Y a trois trucs qu'y faut que tu piges, à Wollanup. Primo, mais Princesse a déjà dû te mettre au parfum là-dessus, y a que quatre familles ici et c'est nous leurs chefs. Pas besoin de maire, pas besoin de flics, pas besoin de juge et certainement pas besoin d'un putain d'avocat ! C'est nous quatre qu'on mène la danse, qu'on décide les lois et qu'on punit les fouteurs de merde. Deuzio, mets-toi bien dans la caboche que le bled suivant est à seize heures de piste d'ici. En d'autres termes, on est tellement loin de tout que c'est presque comme si on existait pas. D'ailleurs, pour les branleurs de Canberra ou de Perth, on existe pas. Wollanup, c'est pas sur la carte. Et troisio, le dernier point que tu dois assimiler, c'est que nous, les gens de Wollanup, on désapprouve l'abandon du foyer conjugal. Résultat, si t'essaies de filer, on te grille les roustons. À petit feu. Des questions ?

Je me sentais groggy comme un boxeur après un mauvais match. Ma seule idée était de me rouler en boule dans un coin, de me cacher la tête entre mes bras et de faire comme si je n'étais pas là. Mais Papou n'a pas été satisfait de mon silence hébété.

— J'ai dit : des questions ?

Je me suis mordu les lèvres. Je sentais mes yeux se mouiller. J'étais piégé. Coincé. Fait comme un rat. Perdu.

— Non, monsieur, ai-je bafouillé d'un ton larmoyant. Pas de questions.

Les s'est décidé à prendre la parole :

— J'crois qu'l'Amerloque, il broie du noir, Papou. J'crois qu'il est tout près d'se mettre à chialer.

— Si c'est pas honteux, ça ! a protesté Papou d'un ton de maître d'école qui a fait bien rire les autres.

— Mais si, t'avais une question pour Les, est intervenu Gus. Tu te rappelles pas ? (Il m'a lancé un clin d'œil appuyé.) À propos des pratiques bancaires ?

Les était tout sourire, maintenant.

— Tu te demandais où était ton grisbi, l'Amerloque ?

J'ai hoché la tête piteusement. Posant un genou au sol devant le coffre-fort en acier, il a tripoté un moment le bouton pour la combinaison et a tiré la porte à lui. Prenant la pile de chèques de voyage, il l'a jetée sur le bureau.

— J'ai ton passeport, aussi.

Il a ouvert à la première page le carnet bleu marine et s'est mis à lire à voix haute :

— « Le secrétaire d'État des États-Unis d'Amérique prie par la présente toutes les autorités compétentes de laisser passer le citoyen ou ressortissant des États-Unis titulaire du présent passeport sans délai ni difficulté et, en cas de besoin, de lui accorder toute aide et protection légitimes. » – Il a refermé le passeport en le faisant claquer.

— Gus, tu crois que l'Amérique, elle a établi des relations diplomatiques avec Wollanup, toi ?

— Pas que je sache.

— Dommage pour toi, l'Amerloque. Ces balivernes de « laisser passer sans délai » qu'ils écrivent là-dedans s'appliquent pas ici. (Il m'a lancé le document à la figure.) Tiens, tu peux te le garder, si tu veux. Même si t'en auras plus jamais besoin. Et pendant que t'y es, vas-y, recompte tes chéquos.

— C'est inutile.

— Compte-les ! a aboyé Les. J'insiste !

J'ai obéi. M'asseyant au bureau, j'ai vérifié que les soixante-cinq chèques de cent dollars étaient bien là. Cela a pris un certain temps, au bout duquel Les s'est enquis :

— Alors, satisfait ?

— Oui.

— Au poil. Et maintenant, que je te donne un stylo et... (Il a fait rouler sur la table un Bic tout mâchonné.)... au travail !

— Qu'est-ce que je dois faire ?

— Mais les signer, quoi !

— Les signer ? Je... je n'ai pas besoin de les encaisser maintenant !

— Tu les encaisses pas, l'Amerloque, tu les signes au porteur.

— Je... Quel porteur ?

— Nous.

— Vous rigo... Vous plaisantez ?

— Non.

— Mais c'est... « mon » argent !

126

— C'était. Ça l'est plus. À Wollanup, y a pas de fonds personnels. Tu verras personne avec du fric à lui. Ni avec du fric dans sa poche. Et quand quelqu'un vient se joindre à la communauté, il verse tout le capital qu'il a sur lui dans les caisses de la ville. Et il cède tous ses biens. Ton bahut, par exemple, l'est à nous. Et ton argent, pareil. Remarque qu'on te laisse tes fringues.

— Je ne signerai pas.

— Oh que si !

— Non. Allez vous faire foutre. Non.

Cette proclamation, énoncée d'une voix tremblante, a été suivie d'un énorme silence. Leur surprise rapidement surmontée, les membres du conseil municipal de Wollanup ont henni de rire.

— L'a des couilles plus maousses que j'croyais, ce p'tiot, a constaté Papou.

Et là, il m'a décoché une sorte de pichenette sur le nez, ultrarapide mais infligée avec une telle force sur le cartilage déjà endommagé que j'ai eu l'impression qu'on m'enfonçait un clou au milieu de la figure. Pendant que je criais de douleur, Papou s'est penché sur moi pour me parler d'un ton tout à fait raisonnable.

— Moi, je te conseille fortement de les signer, ces chèques. Pourquoi ? Pasque ta situation, elle est comme qui dirait… sans issue. Si tu refuses, on va devoir s'occuper de toi sérieusement. T'auras mal partout, plus que t'as jamais eu. T'es assez gland pour refuser encore ? Faudra qu'on tourne vraiment méchants. T'écrabouiller les rotules, par exemple. Ou dire à Gus ici présent de découper en rondelles tes tendons d'Achille. Et après ça, tu auras rien gagné, vu que tu finiras forcément par les signer, ces chèques.

Conclusion, mon gendreau : tu préfères pas aller au plus simple ?

Six mille cinq cents dollars. Aux States, j'avais pu économiser une centaine de dollars chaque mois, tout ce que j'arrivais à conserver de mon salaire de journaliste après le loyer, la bouffe, les impôts et autres petits détails de l'existence. Cette somme représentait donc… cinq ans et demi à me serrer la ceinture. Et aussi tous mes avoirs sur Terre. Sans elle, j'étais ruiné ; avec elle, j'étais mort.

Arrachant le Bic aux doigts boudinés de Papou, je les ai signés. Ensuite, j'ai poussé le tas de chèques sur la table, le plus loin possible. Je ne voulais pas, je ne pouvais pas regarder quand Les les a vérifiés un par un. Puis il a rangé dans le coffre l'argent qui venait de m'être spolié, la porte s'est refermée avec un bruit sinistre et j'ai reçu une tape amicale sur l'épaule.

— Bravo, mon gars, a commenté Les avec une fausse bonhomie. Vous croyez pas qu'on doit une bière à l'Américanoïde, vous autres ?

— Ce que je crois, c'est qu'on a une assemblée générale qui nous attend, a répliqué Papou.

Il a quitté la pièce, suivi avec empressement par Robbo et Les. Gus a attendu qu'ils soient arrivés en bas de l'escalier pour me dire :

— T'as eu de la jugeote, mon salaud. Je t'assure que t'as fait le bon choix. Le choix cool.

Je lui ai lancé un regard irrité.

— C'est ça, ta conception du « cool » ?

— Allez, tout ira bien.

— Non.

— Tu t'y feras.

— Mon cul.

128

— Mais si. Pasque tu dois ! T'as pas d'autre solution. Et Papou…

— Papou ? C'est quoi, cette connerie de nom ? l'ai-je interrompu. Il n'en a pas un comme tout le monde ?

— Si. Et c'est Papou.

— Pourquoi ? C'est votre équivalent local de Jim Jones ? Ou de ce putain de Charles Manson ?

— Attention, mec, attention…

Revenu au pied des marches, Robbo nous a crié de descendre car Papou voulait « voir l'Amerloque de suite ». Gus m'a pris par le coude.

— Les désirs de Papou sont des ordres. (Il a raffermi sa prise sur mon bras.) Dernier petit conseil : surveille ta langue, si t'as l'intention de la garder.

Ils m'attendaient au rez-de-chaussée. La population de Wollanup au grand complet. Cinquante-trois pèlerins groupés autour de quatre tables. Une par famille. À l'exception des chefs de tribu et de leurs épouses, personne n'avait dépassé les vingt-cinq ans, et une bonne moitié en avait moins de dix. Il m'a été facile de repérer le clan de Gus, sa femme et leurs huit enfants ressemblant eux aussi à des rescapés mal lavés d'une communauté de Californicateurs tout droit sortis de leur grotte alternative. Les et Robbo étaient l'un et l'autre affublés de bourgeoises au gabarit de sumos et de dix chiards chacun, lesquels semblaient également bien engagés sur la route de l'obésité. Et puis il y avait ma famille.

— Salut, cheuri ! a roucoulé Angie en me jetant ses bras autour du cou et en me roulant une pelle bien baveuse sans doute destinée à la galerie.

J'ai souri, tel le jeune marié enamouré qu'elle voulait que je sois.

— Papou m'a dit que vous êtes devenus copains comme cochons, toi et lui.

— Oui, comme cochons.

Elle s'est tournée vers sa fratrie :

— Eh ben, l'v'là ! Hein qu'il a meilleure mine que la dernière fois que vous l'avez vu ?

— Ouais, on aurait dû l'garder plus longtemps dans ce poulailler, a marmonné Papou avant de passer derrière le bar.

— T'es trop marrant, Papou, lui a lancé Angie.

— Mais qu'est-ce qui est arrivé à son nez et à son œil ? s'est étonnée une petite femme fluette qui avait dépassé de loin la quarantaine, la chevelure – genre paille de fer – blonde striée de gris, et une cigarette roulée main au coin des lèvres.

— Des suçons d'amour, l'a informée Angie. Cheuri, je te présente Gladys, ma maman.

— Ravie de faire votre connaissance, madame.

Je lui ai tendu une main qu'elle a ignorée. Puis, tout en me dévisageant avec attention :

— Tu t'es trouvé une jolie petite combine, pas vrai, l'Amerloque ?

— Maman, je t'en prie…

— Tu me pries de quoi ? Non, mais vise un peu ce cornichon ! Je t'avais dit et répété, prends-toi pas un étranger, dégote-toi un ballot du bush, un bouseux assez coriace pour s'intégrer ici. Et qu'est-ce que tu nous ramènes ? Un Yankee-p'tit-kiki !

— Il me convient très bien à moi ! a contré Angie, qui commençait à montrer des signes d'énervement.

— T'écoute jamais la foutue voix de la raison, fillette.

— Tu parles jamais avec cette foutue voix-là !

— Miss Je-sais-tout, va ! La petite Princesse à son Papou, la plus...

— Papou ! a crié Angie d'un ton geignard.

— Ouais, assez, ça suffit, a tranché le patriarche. Finis les présentations, qu'on commence cette putain de réunion.

Encore rouge de colère, Angie m'a récité machinalement les prénoms de ses frères et sœurs. La plus jeune, Sandy, avait trois ans ; ensuite, il y avait quatre autres filles d'âges divers, puis des jumeaux de dix-huit ans, Tom et Rock, lesquels m'ont gratifié d'un signe de tête boudeur. Et enfin, il y avait l'aînée, Krystal. Vingt-trois ans. Cheveux blond paille. Grande et bien bâtie, mais sans la robustesse rustique d'Angie, ni sa dangereuse affabilité. Contrairement à la quasi-totalité des habitants de Wollanup, elle n'avait pas le visage tanné et plissé par le soleil, et son attitude réservée exprimait même une certaine douceur. Elle avait des yeux verts, immenses et inquiets. Elle détonnait complètement dans le tableau.

— Krystal, c'est le cerveau de la famille, m'a appris Angie. Superfutée. Pas vrai, la prof ?

— Vous êtes enseignante ? me suis-je enquis poliment.

Non seulement elle a évité mon regard, mais elle a fixé une tache sur le lino en me répondant :

— Je m'occupe de l'école de la ville, oui.

— Vous et... ?

— Personne d'autre. Je suis la seule enseignante, ici.

— Parce que tous les autres sont trop débiles ! s'est exclamée Angie, provoquant des rires amusés parmi tous les gosses présents.

— Ma sœur m'a dit que vous êtes journaliste ?

— Je l'étais.

— Vous pourriez peut-être venir parler du journalisme aux enfants, un de ces jours. Leur faire une description des États-Unis, du fonctionnement d'un journal de chez vous, d'un…

— Nan ! a jappé Papou. L'Amerloque, y bosse avec moi au garage.

— Mais je suis sûre que tu pourrais lui accorder une heure ou deux pour qu'il vienne à l'école, Papa.

— J'ai dit qu'il bosse au garage, point final.

Il y a eu un silence tendu. Avec un haussement d'épaules mal assuré, Krystal a murmuré :

— Désolée.

— De rien, ai-je répondu.

Saisissant l'occasion, j'ai baissé la voix :

— À propos, j'ai été très peiné d'apprendre, pour votre mari…

Sur le moment, elle a eu le même air que si je venais de la gifler, puis elle s'est ressaisie rapidement, elle a accepté mes condoléances d'un « merci » distant et elle est allée se rasseoir à sa place.

— Bon ! a beuglé Papou. Je déclare l'assemblée générale ouverte ! Qui veut tenir le crachoir en premier ?

Tels les juges d'une cour suprême des kangourous, les quatre chefs de famille s'étaient juchés en ligne sur des tabourets devant le comptoir. Et, certes, ce qui a eu lieu sous mes yeux, plus qu'une réunion villageoise, était une audience de magistrats venus écouter les plaintes, les suggestions, les doléances de citoyens qui réclamaient justice ou suppliaient d'être pardonnés. Un modèle de démocratie locale, dès lors que l'on se pliait à la mentalité « l'État, c'est nous », solidement ancrée chez Papou et ses trois compères.

C'est l'un des frères jumeaux d'Angie, Rock, qui a ouvert le bal des chouineurs :

— J'en ai vraiment ras-le-bol qu'on a que de l'ananas et des pruneaux comme dessert ! Ça fait péter, comme chacun sait. Et j'pense parler au nom de tous les jeunes présents si je dis qu'on voudrait trouver des vrais trucs sympas au magasin : chocolats, bonbons, tout ce qui s'ensuit.

Les, qui avait posé sa casquette d'épicier sur sa tête, a répliqué que les bons chocolats étaient trop coûteux, même achetés en gros, mais qu'il allait essayer d'augmenter son stock de tablettes de chocolat de cuisine.

— Mais il est dégueu, ce choco ! s'est indigné Rock.

— Tu m'en vois désolé, a persiflé Les, c'est tout ce qu'on a et qu'on aura.

L'une des filles de Robbo, une adolescente, a demandé à Les s'il envisageait au moins de faire rentrer d'autres types de fruits en conserve, juste pour changer un peu…

— J'crois que notre fournisseur a aussi des cerises dénoyautées. J'lui en parlerai à ma prochaine commande.

— Elles sont bien, ces cerises ? a interrogé la petite.

— Ouais, extra, a répondu Les.

Soudain, je me suis fait la réflexion que grandir à Wollanup vous portait à croire qu'il n'existait que deux ou trois espèces de fruits au monde… et qu'ils poussaient dans des boîtes en fer-blanc.

Les doléances au sujet des ressources alimentaires locales ont dominé la séance. Après s'être indignée d'avoir acheté deux paquets de tabac desséché la semaine précédente, Gladys a déposé une réclamation – réitérée de manière hebdomadaire ainsi que j'allais

133

m'en apercevoir par la suite – pour disposer de vraies cigarettes au magasin, une éventualité que Les refusait farouchement. Greg, l'aîné de Robbo, a estimé que la ration individuelle de lames de rasoir devrait être augmentée d'une unité par semaine. Ensuite, sa femme, Carey, a pris position en faveur de serviettes hygiéniques de plus grande taille, une suggestion qui a provoqué des gloussements parmi les benjamins de l'assistance avant que Papou ne les fasse taire d'un « Vos gueules ! » tonitruant.

En écoutant cette liste de courses fantasmée à voix haute, j'ai pris conscience du rôle essentiel que Les occupait dans la vie de Wollanup. Il était leur seul contact avec le vaste monde, celui qui décidait ce qu'ils consommeraient et ce dont ils devraient se priver. Je me suis également promis d'essayer de découvrir au plus vite où diable il « passait sa commande ».

— Autre chose ? a demandé Papou.

Gus a annoncé que, comme prévu, le barbecue-feu de joie aurait lieu le dernier samedi du présent mois. Il a aussi appelé l'assistance à faire preuve de civisme en ramassant toutes les têtes de kangourou qui traînaient sur la route et de les porter à la montagne de détritus avant le coucher du soleil du samedi en question. Quant à Robbo, il a rappelé aux villageois que l'abattage annuel des chiens aurait lieu d'ici à deux semaines. Chaque famille avait l'obligation d'occire cinq clebs, ce jour-là, afin de maintenir la population canine de Wollanup dans des limites tolérables.

— Et j'veux point voir de carcasses de chien dans la rue comme l'an passé, compris ? a-t-il insisté. On les fout direct sur le tas d'ordures, entendu ?

— Ouais, a fait Papou. Et maintenant, je veux Charlie et Lea devant nous. Tout d'suite.

Deux jeunes boutonneux qui ne devaient pas avoir seize ans se sont levés et se sont dirigés vers le bar en échangeant des regards inquiets.

— Vous pensiez qu'on saurait pas ? leur a demandé Papou d'un ton redoutablement posé. Vous pensiez qu'on vous découvrirait pas, c'est ça ?

Lea s'est mise à pleurnicher. Aussitôt, Charlie a pris sa main dans la sienne.

— Tu la lâches ! a hurlé Papou.

La fille sanglotait bruyamment, maintenant, et les genoux de Charlie semblaient prêts à lâcher.

— Robbo, Mavis, c'est votre gamin. En tant que parents, vous croyez qu'on doit faire quoi, nous autres ?

— Lui donner une leçon, a répondu Robbo. Une bonne leçon.

— Tom, Rock, venez saisir ce gaillard, a ordonné Papou à ses fils.

Ils l'ont attrapé chacun par un bras. Après avoir fait bruyamment craquer ses phalanges, Papou est descendu de son tabouret et, s'adressant à l'assistance :

— Regardez, et bien. Voilà ce qui arrive aux merdeux qui respectent point les règles.

Pivotant sur lui-même, il a envoyé son poing fendre l'air en un grand arc de cercle avant de le faire atterrir sur la joue droite de Charlie. C'était un coup terrifiant. Il s'était servi de tout son poids et de toute sa force pour frapper, et pour infliger le plus grand dommage possible. Le cri aigu de Lea n'a aucunement empêché Papou de prendre à nouveau son élan et d'expédier un autre Exocet dans la figure du jeune, puis un troisième, et un quatrième.

Angie, qui était assise près de moi, a saisi mes doigts entre les siens et les a serrés très fort. Ne pouvant plus supporter le spectacle de cette correction barbare, j'ai détourné la tête. J'ai alors découvert que Krystal avait les yeux braqués sur moi, comme aimantés. Elle est devenue blanche et s'est empressée de regarder ailleurs pendant que le son mat des coups de poing continuait à résonner.

Papou a asséné encore quatre coups à Charlie avant de se fatiguer et de dire à ses fils :

— Emportez-le et débarbouillez-le.

Vu l'état dans lequel se trouvait Charlie, à la suite de ce cassage de gueule en règle, il semblait évident qu'il ne pourrait pas être correctement « débarbouillé » avant quelques mois.

Tom et Rock l'ont traîné dehors. La mère du gamin s'est précipitée sur leurs talons, muette. Après avoir pris deux lampées de bière, Papou a retrouvé son calme olympien.

— Alors ? Y a d'autres déclarations avant que je close la séance ?

Brusquement, Angie a levé la main comme si elle était mue par un ressort.

— Oui, Princesse ? a minaudé Papou, tout sourires devant sa fille.

— J'ai une nouvelle à communiquer, a dit celle-ci, ses lèvres esquissant une moue de coquette. Une vache de grande nouvelle.

— Accouche ! l'a invitée son père.

— J'suis enceinte.

6

— Tu m'as menti !

— T'as vu ma mère, comment elle est ?

— Tu avais dit qu'il n'y avait aucun risque.

— Toujours à me sortir des méchancetés devant tout le monde, toujours à me chercher des crosses…

— Tu avais dit qu'il n'y avait aucun souci.

— Une mégère complète, voilà ce qu'elle est ! Une sale mégère à la…

— Tu n'as pas joué franc-jeu avec moi.

— Bon, maintenant que je suis en cloque, elle va devoir se montrer plus gentille, c'est sûr.

— Tu m'as délibérément roulé dans la farine, il n'y a pas d'autre terme. Bon sang, tu te rends compte de ce que tu as fait ? Du… pétrin dans lequel tu nous as mis tous les deux ?

Moi, je hurlais. Elle, elle souriait.

— Ouais, ouais, je sais.

— Tu m'as piégé !

— Tu t'es piégé tout seul.

— Si j'avais su qu'il y avait un risque, j'aurais pris des précautions !

— J'ai pas dit : « C'est blindé à cent pour cent. » J'ai dit : « Pas de souci. » C'est toi qui as décidé de prendre le risque. Et de toute manière tu m'avais déjà tringlée plusieurs fois avant de me demander si je prenais quoi qu'ce soit, non ?

— Pourquoi tu m'as raconté que tu avais eu tes règles pendant que j'étais dans le… poulailler, alors ?

— J'voulais pas gâcher notre lune de miel, faut croire.

— Merde, c'était un putain de mensonge, Angie !

Encore son sourire de petite innocente.

— C'en était un, j'suppose.

— Bon Dieu !

— Pas besoin d'te mettre dans tous tes états, Nick ! Parce que tu peux rien y faire. Et d'ailleurs… (Elle m'a poussé sur le lit d'une bourrade avant de grimper sur moi, ses genoux douloureusement pressés contre ma cage thoracique.)… t'es pas content ?

Ce n'était pas une question, mais une menace.

— Je suis ravi.

— Tant mieux !

Elle s'est laissée tomber à côté de moi sur le matelas.

— Vu comment t'as réagi à la nouvelle, j'en étais pas certaine.

— J'ai été… surpris, c'est tout.

— Tu penses quoi de Sonny si c'est un garçon et de Cher si c'est une fille ?

Ce que j'en pense ? Je pense que je vais tout faire pour être à vingt mille kilomètres d'ici lorsque l'enfant naîtra.

— Super comme prénoms.

— Papou a eu l'air tout heureux, pas vrai ? Son premier petit-enfant, tu comprends…

Il avait même profité de l'occasion pour se saouler. À mort. Sitôt après l'annonce sensationnelle d'Angie, il avait décrété que le bar était maintenant accessible à volonté et avait entrepris d'engloutir une demi-caisse de bière en moins de trente minutes. Une fois beurré, il avait donné libre cours à un sentimentalisme d'homme de Néandertal, enlaçant ses acolytes Robbo et Les, eux-mêmes déjà remplis de bibine, pour bafouiller des mièvreries d'ivrogne à l'oreille de Robbo : « Ma Princesse qui va être mèèère… T'entends ça, mon cochon ? Ma petite Angie, maman… »

— Arrête tes foutues salades, hein ? lui avait asséné Gladys, qui ne prenait aucune part à la célébration et supportait visiblement mal la sensiblerie de son époux.

Son caquet rabattu, Papou s'était réfugié devant le comptoir, empoignant une nouvelle canette, tandis que ma belle-mère tournait son ire contre moi :

— Félicitations, l'Amerloque, avait-elle sifflé en rallumant la clope vissée au coin de sa bouche. T'as fait de cet abruti le plus heureux des hommes. Pour le moment, en tout cas.

— Et vous, vous n'êtes pas contente ? lui avais-je répondu.

— Pas des masses. Et toi, tu l'es ?

— Eh bien… évidemment.

— Évidemment que non, alors, arrête tes craques. Ça se voit comme le nez au milieu d'la figure. Je parie que t'étais même pas au courant qu'elle avait un polichinelle dans le tiroir.

— Je dois reconnaître que, euh, ç'a été…

— Comme si le ciel t'était tombé sur la tête ?

— Euh… En fait, oui, on peut dire ça.

— Un peu qu'on peut ! Et tiens, voilà une autre bonne surprise pour toi : tous ces plans que tu te fais dans ta tête de piaf sur comment te barrer d'ici… inutile de nier, je sais ce que tu fricotes… Eh ben, mon p'tit conseil, c'est qu'tu les oublies. Parce que, maintenant que t'as encloqué la petite Princesse à son papa, il te tuera pour de bon si t'essaies de décamper. Il te tuera de ses propres mains, et avec le plus grand plaisir. Et maintenant, profite bien de la fête, Yankee-p'tit-kiki, a-t-elle conclu en m'offrant un sourire méprisant.

Alors que Gladys s'éloignait dans un nuage de fumée, un bras s'était refermé autour de ma gorge, cherchant à me faire avaler ma pomme d'Adam. Mes tentatives pour échapper à cette strangulation furent récompensées par un gros baiser alcoolisé et baveux sur le front : Papou avait décidé de me manifester une inquiétante affection.

— J'pourrais te casser le cou facile, avait-il observé en accentuant la pression. Comme une tite branche ! Mais, dans ce cas, mon futur p'tit quinquin, il aurait pas de père, non ?

— Non.

— Un quinquin, ç'a besoin d'un père, tu sais ?

— Je sais.

Renonçant à me garrotter, il avait cependant gardé son bras énergiquement serré autour de mes épaules.

— Tu vas être un bon père, hein ?

— Promis.

— Et tu vas t'assurer que ma Princesse a la belle vie, tu promets ?

— Je promets.

— Si t'es un bon mari et un bon père, tout ira au poil pour toi, ici.

— Je le serai.

— J'ai ta parole, mon salaud.

À ce moment, il avait procédé à un rituel qui semblait très important, dans cette famille : me verser une canette de bière sur le crâne, à la manière d'Angie.

— J'aurais jamais cru que j'aurais un Amerloque pour gendre. Mais ça va, tu fais l'affaire. En tout cas, c'est c'que j'pense. Et n'oublie pas : ton cou, c'est rien qu'une tite branche, si j'vois qu'tu fais pas l'affaire. Et t'as intérêt à t'présenter au turbin à six heures demain matin !

Il était retourné au bar en vacillant pour réclamer une pinte en remplacement de celle dont il m'avait aspergé. Tandis que je cherchais à apercevoir Angie, une serviette lancée à la volée m'avait atteint en pleine figure.

— Séchez-vous.

C'était Krystal.

— Merci, avais-je murmuré en m'épongeant la tête.

— Papa peut être dangereux quand il a trop bu.

— Il m'a l'air dangereux à n'importe quel moment du jour et de la nuit.

— C'est vrai, a-t-elle répondu en baissant les yeux. Vous devez faire attention.

— Je suis tombé dans un traquenard.

— Je sais.

— C'est aussi ce qui est arrivé à votre mari, non ?

Elle était devenue livide, une fois encore, et j'avais aussitôt regretté ma question.

— Je dois y aller, avait-elle chuchoté avant de filer à travers la salle et de prendre la porte sans me donner le temps de placer un mot de plus.

Là, une main s'était posée sur mon derrière et m'avait pincé la fesse.

— Alors, on drague ma sœurette ?

Angie. Complètement bourrée.

— On bavardait, rien de plus.

— Elle a décampé comme si elle avait le feu au cul. Tu lui as dit quoi, au juste ?

— Que tu faisais des pipes inoubliables.

— Ah, t'es un drôle, toi ! s'était-elle extasiée en riant.

Après cet effort, elle avait abandonné son front sur mon épaule.

— C'est l'heure de rentrer à la maison, avais-je dit en tentant de l'empêcher de tomber.

— Il me faut une autre biérette.

— Tu es pintée, Angie.

— Eh ouais, j'dois écluser pour deux maintenant ! avait-elle répondu avant de succomber à une attaque de gloussements convulsifs.

La saisissant par le coude, je l'avais tirée vers la sortie.

— Dis bonsoir.

— Soir ! avait-elle hurlé à sa famille.

Nous n'avions pas échangé un mot jusqu'à la bicoque. Et c'est dans notre chambre, alors qu'elle avait quelque peu dessoûlé, que nous avions eu une petite conversation sur les « mérites » de la méthode Ogino comme contraception, à la suite de laquelle elle avait tenté de me briser les côtes avec ses genoux.

« Sonny et Cher. » Dans le lit cette nuit-là, avec les bras d'Angie entortillés autour de moi comme des tentacules de pieuvre, ces deux prénoms ne cessaient de coloniser mes pensées. Je n'avais jamais voulu me marier, et encore moins avoir d'enfants. Aucun désir de reproduire ma lamentable identité. Pourtant, j'allais bientôt être père et… « Sonny et Cher », « Sonny et Cher », « Sonny et Cher »… Deux prénoms qui sonnaient le glas de mon existence.

J'ai frissonné, puis laissé le sommeil étouffer mes idées noires.

J'ai été réveillé par des hoquets et des râles. Angie était affalée devant la cuvette des toilettes, punie par la justice divine pour toute la bière qu'elle avait éclusée la veille. Mais, quand elle a retrouvé l'usage de la parole, ses premiers mots ont été : « Putain de nausées matinales, ça commence… »

L'ignoble crapule en moi s'est réjouie de son malaise, juste rétribution de l'ordalie gastro-intestinale que j'avais moi-même vécue dans le poulailler. Toutefois, j'ai affecté le ton compatissant du mari modèle lorsqu'elle a été secouée par des renvois de bile :

— Ça va pas, chérie ?

— J'suis cassée.

— Tu devrais peut-être t'étendre ?

— Peux… pas, a-t-elle gémi tandis que son estomac se soulevait une nouvelle fois.

— Tu crois que tu pourras supporter l'usine de viande, aujourd'hui ?

Je m'amusais pour de bon, maintenant.

— Impossible !

— Et une petite bière ? Ça ferait passer le goût du…

— Aaarrgh ! a-t-elle gargouillé pendant que son visage prenait une nuance puce du plus joli effet.

— Je ferais peut-être mieux de prévenir Robbo qu'il te faut un jour de repos.

— Merci…

J'ai enfilé un vieux maillot de bain et un tee-shirt – ma tenue de travail – avant de lui accorder un dernier sourire de petit mari dévoué :

— Alors, à plus tard, chérie. Excellente journée !

Il était près de six heures du matin. Dans la faible lueur de l'aube, Wollanup avait déjà repris sa vie laborieuse. En traversant la ville, j'ai entendu les enfants chanter sous l'auvent de l'école. Ils interprétaient à tue-tête une vieille comptine :

« *Mary avait un p'tit mouton,*
Si blanche était sa toison,

Et partout où Mary allait,
Son agneau la suivait.
Un jour à l'école il l'a suivie,
C'était contre le règlement mais tant pis. »

Plus je m'approchais, mieux je distinguais la voix de Krystal se détacher du vacarme enfantin. Arrivé en face de l'école, je me suis arrêté de l'autre côté de la route pour la regarder diriger un chœur de dix garnements. Debout face à sa classe, elle était vêtue d'une simple robe en coton, et les lunettes à monture d'écaille perchées sur son nez lui donnaient un air de maîtresse d'école étonnamment séduisant. Quand elle a levé les yeux de son livre de chansons et m'a aperçu, elle les a immédiatement baissés, ce qui m'a paru être le signe que je ne devais pas rester là.

« *Les enfants ont ri et crié*
En voyant le mouton devenu écolier.
"Sortez !", a dit le professeur indigné,
Et le p'tit mouton est resté dans la cour,
Attendant que Mary ait fini son cours. »

Chapeau bas devant l'urbaniste de génie qui avait eu l'idée d'implanter l'abattoir municipal juste à côté d'un établissement scolaire ! Le bruit des machines des Viandes Wollanup couvrait déjà le refrain de Mary et son petit mouton. Et si les élèves de Krystal, dans leur classe sans murs, voulaient se changer les idées, ils pouvaient, d'un simple coup d'œil, profiter du charmant spectacle auquel j'assistais à cet instant : un camion à plateforme dépourvu de ridelles, chargé à ras bord d'un tas de kangourous fraîchement tués, venait de s'arrêter à la porte de l'usine. Mes deux beaux-frères, Tom et Rock, en sont sortis et ont grimpé à l'arrière ; plongeant dans les carcasses jusqu'aux genoux, ils ont entrepris de jeter leur chargement sur la cour en béton. Là, Robbo, équipé de cuissardes de pêcheur et d'un tablier en PVC ensanglanté, examinait négligemment les bêtes une par une, retournant leur tête du bout de sa botte avant de permettre à ses deux assistants de les traîner à l'intérieur, où deux autres employés s'empressaient de passer un bracelet en métal autour des deux pattes arrière de chaque cadavre. Ce dispositif les raccordait à un filin solide monté sur une glissière ; hissés tête en bas dans les airs, les kangourous morts parcouraient quelques mètres avant de s'arrêter au-dessus d'une grande cuve en plastique. Gladys les attendait là, armée d'une machette. Une sorte d'immense sac à ordures lui couvrait le corps, un bonnet de douche blanc et des lunettes de ski complétaient sa tenue. Sans jamais cesser de tirer des bouffées sur son éternelle clope, elle attrapait d'une main la bête par les oreilles, l'attirait vers elle et tranchait la jugulaire d'un coup sec de coupeuse de canne à sucre ; un geyser de sang partait dans la cuve, suivi d'un écoulement moins impétueux mais régulier. Lorsque Gladys estimait que le système circulatoire de la bête était vide, elle pressait un bouton et la carcasse reprenait son voyage aérien. L'arrêt suivant avait lieu au-dessus d'une deuxième cuve, où un type décapitait la bête à l'aide d'une tronçonneuse électrique. Privé de sa tête, l'animal parvenait à une troisième étape : une adolescente, une fille de Robbo, lui ouvrait la panse au scalpel, écartait la chair des deux mains et retirait toutes les entrailles de la cavité, reprenant son couteau de chirurgien lorsqu'un bout d'intestin ou d'organe refusait de se détacher des parois.

— Beau boulot, Mags ! a lancé Robbo à sa fille.

M'apercevant planté devant l'usine, il m'a crié :

— Où est ta putain d'épouse ?

— Elle vomit.

— Avec toute la pisse qu'elle s'est envoyée hier soir au pub, c'est pas étonnant.

— D'après elle, c'est le début des nausées matinales.

— Ouais, ouais, c'est ça ! J'ai d'la chance que Mags l'a déjà remplacée pendant que Miss Angie se baladait dans l'pays.

— C'est ça, le travail d'Angie ? ai-je demandé en observant Mags qui venait de s'attaquer aux viscères du kangourou suivant.

— Une vraie artiste du couteau, ta patronne ! Elle te les vide en trente secondes pétantes. Et jamais un bout d'tripe oublié dedans ! Question anatomie, Angie, c'est un as. Tu comprends, nous autres, on fait pas que vendre la bidoche de kangou, on se fait aussi du fric avec tout le reste, cœur, foie *et* boyaux. Mais la boîte qui fabrique la bouffe pour clebs et chats, ils veulent des organes pas abîmés. Dans l'temps, c'était le job de Gladys, mais... (Il s'était approché de moi et il a baissé la voix, adoptant le ton de la confidence :)... À franchement parler, c'est une putain d'sauvage, Gladys. Comment qu'elle te taillait là-d'dans ! Tu vois, elle, c'est le genre cogneuse et c'est pour ça que ça lui convient bien de s'occuper d'la jugulaire. Alors qu'Angie... Ah, ça, c'est une lady ! Tout en finesse ! Sauf que tu dois la mettre en garde : si elle fait la cossarde et qu'elle commence à manquer, il se pourrait bien que Mags lui fauche sa place.

Ma femme, une artiste. La meilleure éviscératrice de Wollanup. Quel titre honorifique !

— C'est une opération qui tourne bien, d'après ce que je vois, ai-je approuvé en faisant de mon mieux pour ne pas respirer par le nez, car mes narines ne s'étaient pas encore habituées à l'odeur des entrailles fumantes.

— On est cap d'expédier soixante kangous avant la fermeture à midi.

— Vous ne travaillez que le matin ?

— Faudrait être sacrément fêlé pour tripatouiller la bidoche dans la chaleur de l'après-midi.

— Et les... bêtes, elles viennent d'où ?

— Y a une grande étendue de bush par là-haut, au-dessus des falaises que tu vois. Dès que la nuit tombe, des tas d'kangous s'y donnent rancart et c'est alors que Tom et Rock arrivent avec les flingues.

— Il n'y a qu'eux qui chassent ?

Comprenant sur-le-champ à quoi je voulais en venir, il m'a observé d'un œil méfiant.

— Personne d'autre n'a le droit d'aller là-haut.

— À part Les, Gus, Papou et vous, bien entendu.

— T'as tout pigé. (Sa paluche droite m'a saisi le biceps en tenaille.) Viens par là que j'te montre le reste du business. Regarde, une fois l'kangou vidé, on y donne un p'tit bain. (Le « petit bain » en question était une quatrième cuve remplie à ras bord d'eau bouillante.) On appelle ça « la marmite infernale », nous autres. Tu les plonges là-d'dans une minute, pas plus, et tu peux leur enlever le pelage d'un coup d'un seul. Radical, non ?

En guise de sourire, il m'a montré les deux dents qui lui restaient à la mâchoire supérieure.

— Il faut que j'aille au travail, ai-je plaidé en dégageant mon bras tant bien que mal.

— Ouais. T'as intérêt.

J'ai dû me retenir pour ne pas partir en courant. Une fois dehors, la montagne d'immondices en comparaison semblait sentir la rose.

Le garage de Papou se trouvait au bout d'une piste en terre située derrière l'abattoir. Encore une cabane en agglo, cernée par un dépotoir de pare-chocs tordus, de vieilles portières, de sièges-baquets, de tuyaux d'échappement et de pare-brise étoilés. Le seul véhicule intact en vue était un gros camion frigorifique décati, ses parois portant la mention « VIANDES WOL-LANUP » peinte à la va-vite. Au moment où je m'en approchais, Papou a surgi d'en dessous, allongé sur un chariot de mécanicien. Il était tellement couvert d'huile de vidange, qu'il aurait pu se faire passer pour le petit frère d'Al Jolson.

— T'es en retard.

— Angie a eu... un malaise.

— Le turbin commence à six heures tapantes, pas après. Tu m'suis ?

— Désolé.

— File à l'intérieur, t'as du boulot qui t'attend là-bas.

J'ai ouvert la porte de la cahute. Mes yeux sont tombés sur mon minibus Volkswagen, une présence réconfortante jusqu'à ce que je m'aperçoive qu'il était posé sur des cales, son capot ouvert et toutes les pièces du moteur, jusqu'à la dernière, étalées sur le sol en terre battue. Totalement éviscéré, comme un des kangourous de Robbo. J'ai laissé un regard stupéfait planer sur ce puzzle géant disséminé en mille éléments. Je me suis retourné. Papou était sur le seuil, son visage noir luisant dans les rayons du soleil.

— Eh ben, reste pas planté là ! a-t-il jappé. T'as plus qu'à l'remonter, maintenant.

7

En une semaine de travail, j'ai gagné quarante cré-doches. Le salaire minimum à Wollanup. De quoi m'emplir le ventre de nourriture, les poumons de fumée, et le cerveau de vapeurs de bière chaque soir au pub.

Le crédoche était la monnaie locale. En fait, des tic-kets « valables pour une entrée » dont se servaient jadis les cirques ambulants et les cinémas de cam-pagne. Les en conservait des rouleaux entiers sous bonne garde à la banque centrale de la ville, c'est-à-dire dans son coffre-fort. Tous les vendredis, la popu-lation active au grand complet convergeait au bar afin de recevoir la rétribution de trente-cinq heures de tra-vail sous la forme d'une longue bande de tickets. De couleur différente chaque semaine, car leur validité n'était que de sept jours.

— On aime pas l'idée des économies, ici, m'a expliqué Gus un soir où nous buvions ensemble. Ça conduit les gens à s'asseoir sur leur fric, à devenir compétitifs et à dire des carabistoules du genre « Pour-quoi t'as plus que moi ? ». Alors on a décidé que c'que tu gagnes en une semaine, tu le dépenses en une semaine. Tout l'monde au même niveau, ça crée un bon karma.

Je dois admettre que leur système était remarquablement astucieux quand il s'agissait de répondre aux plus basiques des besoins individuels. Il était fondé sur un trait commun et essentiel aux braves gens de Wollanup, à savoir que tout citoyen âgé de plus de quatorze ans buvait et fumait. En d'autres termes, le principe premier de l'économie locale était de satisfaire la demande en bière et en tabac de la population travailleuse.

— On a calculé qu'la plupart d'entre nous s'envoient douze biérettes par jour et, en moyenne quatre paquets de tabac à la s'maine, m'a dit Gus. Le montant des salaires a été conçu en prenant ça en compte, pour qu'personne ne meure de soif ou n'ait à mendier une roulée.

Un pack de six bières coûtant un crédoche et une poche de tabac deux, on arrivait à une dépense de vingt-deux crédoches hebdomadaires si l'on respectait le barème de consommation en vigueur. Ce qui laissait au salarié dix-huit crédoches à budgétiser selon ses priorités. Par exemple :

2 kg de viande de kangourou	2 crédoches
4 boîtes de viande en conserve	4 créd.
8 boîtes de conserve de légumes	2 créd.
1 livre de lait en poudre	1 créd.
200 grammes d'œufs en poudre	2 créd.
700 grammes de café soluble	3 créd.
2 rouleaux de papier hygiénique	0,5 créd.
1 paquet de lessive	0,5 créd.
7 tablettes de chocolat	3 créd.
1 livre de sucre	2 créd.
Chewing-gum	1 créd.

Comme ces dix-huit crédoches ne suffisaient évidemment pas à nourrir toute une nichée, les familles recevaient dix crédoches supplémentaires par enfant. La ville versait également cinq crédoches d'argent de poche à chaque écolier. Lorsque les jeunes rejoignaient la population active de Wollanup à quatorze ans, ils n'étaient payés que trente crédoches au cours des quatre premières années d'emploi, dans le but de limiter leur consommation de bière à un seul pack de six par jour.

En plus des crédoches, chaque habitant recevait toutes les semaines une « trousse de toilette » : un sac en papier contenant une savonnette et un petit tube de dentifrice. Les produits de luxe tels que shampooing, déodorant, mousse à raser ou talc n'étaient pas disponibles. Une brosse à dents était gratuitement fournie à tout citoyen chaque mois, ainsi qu'un rasoir jetable tous les quinze jours et, à la demande, des serviettes hygiéniques – taille unique – pour les femmes. Ceux qui avaient besoin d'assistance médicale devaient s'en remettre à Gus qui, s'étant improvisé médecin urgentiste de Wollanup, avait transformé un placard chez lui en pharmacie et salle de consultation. Non sans fierté, il m'a raconté qu'il avait procédé un jour à une appendicectomie couronnée de succès sur la table de sa cuisine.

— Je ne savais pas que tu avais fait des études de médecine, ai-je fait remarquer.

— Mais si. À Perth. Six mois.

Non seulement les habitants du bourg bénéficiaient de cette couverture médicale gratuite à volonté mais ils n'avaient pas à payer leurs vêtements, non plus, bien que ceux-ci ne soient renouvelés qu'en cas de nécessité absolue. Dans son arrière-boutique, Les gardait des piles de tee-shirts, de shorts, de chaussettes et de sous-vêtements de très médiocre qualité, mais pour recevoir un article neuf il fallait présenter celui que l'on avait besoin de changer et qu'il soit dans un état de décrépitude irréversible. Ainsi, un caleçon un peu déchiré n'était pas remplaçable : le fond devait être usé jusqu'à la corde pour que Les consente à procéder à l'échange. À ma première visite au magasin, il avait évalué d'un seul coup d'œil mon tee-shirt et mon short de marque avant de proclamer :

— M'est avis que t'auras pas besoin d'rhabillures avant cinq ans, minimum.

Cinq ans. Il m'arrivait souvent de me réveiller en sursaut, la nuit. Au rythme des ronflements réguliers comme un métronome d'Angie, je contemplais le plafond en tôle ondulée en me disant : « La perpétuité à Wollanup sans conditionnelle. » Est-ce que mon destin s'achevait réellement ici ? Comme tout prisonnier purgeant une peine maximale, il ne me restait qu'à espérer follement qu'un responsable quelconque me donne une claque dans le dos et claironne un beau matin : « La plaisanterie est terminée, tu peux y aller. » Ou qu'il existe une issue secrète à ce QHS des antipodes.

Sachant pertinemment que tout le monde attendait de me voir tenter une évasion, j'avais résolu d'adopter une stratégie à long terme, pour la première fois de ma vie, et de m'abstenir de faire des vagues durant mes deux premières semaines à Taule-sur-outback. D'autant que les méthodes de fuite traditionnelles ne s'appliquaient pas, ici : pas de mur à escalader, ni de barbelés à sectionner, ni de tunnel à creuser, rien d'autre que cette damnée route défoncée qui grimpait rudement vers nulle part. J'estimais qu'il me faudrait environ quatre heures pour parvenir aux hauts plateaux qui encerclaient Wollanup. D'accord, mais même si personne ne me repérait pendant ce temps que me resterait-il, ensuite ? Près de sept cents bornes jusqu'à l'agglomération suivante, à pied sur une piste non asphaltée et par cinquante degrés à l'ombre ? Non merci. Il ne me restait qu'à dominer mes accès contradictoires de rage, de désespoir et de peur en faisant comme si je m'adaptais peu à peu à mon sort. Et, pendant ce temps, je sonderais les fortifications de Wollanup à la recherche de quelque pierre mal scellée.

C'est en suivant ce raisonnement que je me suis absorbé entièrement dans la reconstruction du moteur de minibus, arrivant au garage tous les matins à cinq heures et ne le quittant que bien après le rompez-les-rangs de midi. Je voulais que ce moulin tourne à nouveau, certes, mais j'étais aussi déterminé à le reconstruire entièrement, à en faire un chef-d'œuvre de la combustion interne et à démontrer ainsi ma valeur de mécano à ce gros sagouin de Papou.

L'entreprise m'a accaparé près de trois semaines. Je trimais avec une passion démente. J'ai nettoyé et examiné toutes les pièces, puisé dans ce que le garage de mon beau-père pouvait contenir lorsqu'il fallait les changer. Décalaminé et lustré les soupapes. Refait la culasse. Retendu les ressorts des valves, monté de nouvelles bagues de piston, des roulements à billes neufs et des bougies de meilleure qualité. Remplacé le carburateur et le starter. Rééquilibré le vilebrequin, réajusté l'arbre à cames au delco, refait toutes les liaisons électriques, contrôlé chaque élément du système d'échappement. Et, touche finale pleine de panache, j'ai briqué le bloc-moteur jusqu'à ce qu'il étincelle comme les godillots d'un marine à la parade.

J'étais passionné par ce que je faisais, oui. Parce que cela occupait mes journées, me donnait une raison de me lever le matin, me changeait les idées. Nous passons notre vie à prétendre que nos petites occupations poursuivent une plus haute ambition que la nécessité d'avoir un toit sur notre tête, de quoi nous vêtir et nous sustenter, mais au final nous nous échinons pour remplir le vide des heures et éviter de considérer ce que notre passage sur terre a d'éphémère, de dérisoire. S'affairer, se stresser, permet d'oublier la futilité lamentable de nos existences, ou le cul-de-sac dans lequel nous nous débattons. Un cul-de-sac que nous nous sommes invariablement choisi.

Et donc j'ai passé dix heures par jour sur ce moteur, obsédé par les plus infimes détails de mon œuvre en progression, recherchant avec acharnement les gicleurs qui conviendraient le mieux au carburateur, calculant à la goutte près l'huile dans laquelle devraient baigner les roulements. À l'instar de tant de banlieusards harassés, j'ai laissé la frénésie du travail supplanter la sensation permanente d'enfermement domestique et découvert que l'épuisement consécutif à de telles journées de travail agissait comme une puissante novocaïne sur la souffrance diffuse qu'inflige le train-train conjugal. Debout à cinq heures, de retour à trois heures et demie dans la chaleur suffocante de l'après-midi, je veillais à revenir maculé de lubrifiants mécaniques des pieds à la tête, ce qui dissuadait Angie de tenter sur-le-champ des avances sexuelles. Et quand j'émergeais d'une longue douche pour ouvrir la première des six canettes de bière que je descendais avant le dîner, elle était généralement neutralisée par le sommeil – sa « sieste d'encloquée », comme elle disait. Lorsqu'elle reprenait conscience vers six heures, mon dîner était déjà prêt, puisque j'avais réussi à arracher le contrôle de la cuisine des mains toxiques de ma femme. Nous mangions une simple omelette aux œufs en poudre, ou une pièce de kangourou violemment épicée et grillée pour en tuer l'arrière-goût ; ensuite, une promenade digestive nous conduisait au pub, où nous restions deux heures, puis retour à la maison et au lit à neuf heures.

L'ennui, cette maladie chronique de la vie de famille, sévissait avec une particulière virulence dans ce bled privé de passe-temps incontournables tels que la télévision, les galeries commerciales, les bowlings et le Top 50 à la radio. Même la lecture était une distraction rare, à Wollanup. À part les livres de classe dont Krystal se servait, les seuls bouquins existants étaient une rangée de romans de gare que Les proposait dans sa boutique. Trente-cinq, pour être précis, je les ai comptés un jour. Presque personne ne les empruntait, d'ailleurs, car cela aurait empiété sur le temps consacré à la biture, le seul vrai loisir des gens de Wollanup. Sauf si on avait un moteur à refaire, comme c'était mon cas…

Tandis que le minibus reprenait forme, la question m'a de plus en plus souvent traversé la tête : était-ce là ma planche de salut ? Était-ce lui qui allait enfin me délivrer de ma prison ? Dès qu'il apparaîtrait pimpant et pétaradant, Les allait sûrement s'en emparer pour l'une de ses expéditions de réapprovisionnement à Kalgoorlie, puisqu'il serait en bien meilleure condition que sa camionnette. Et si j'en profitais pour m'éclipser ? Peut-être ménager une cachette sous l'une des couchettes et trouver le moyen de m'y glisser pendant la nuit, peu avant que Les ne se mette en route ?

Ce n'était pas un plan encore très défini, mais sitôt que j'ai commencé à bricoler dans l'habitacle pour créer une cache en dessous d'une banquette j'ai senti que la notion d'espoir ne m'était plus tout à fait étrangère. Sans espoir, on arrive à peine au bout de sa journée ; avec, on se met à croire en un avenir qui existerait même au-delà de la mort à petit feu qu'était Wollanup. Du coup, la hantise de terminer la remise en état du minibus est devenue encore plus pressante. Parce que ce bahut était littéralement ma seule chance, l'unique intermédiaire qui pourrait me conduire vers le futur.

— T'es vraiment amoureux de ce bastringue merdique, pas vrai ? m'a dit Angie un soir où nous venions de nous mettre au lit.

— Je veux seulement qu'il soit en état.

— Tu l'aimes plus que moi, ouais !

— Bien sûr que non ! C'est toi que j'aime, ai-je protesté hypocritement, mon instinct de survie prenant de loin le pas sur mon désir de sincérité.

— Mais pas autant que ton tank à Chleuhs. Hé, tu vis pratiquement avec lui !

— J'essaie juste de prouver à Pap… à ton père que je m'y entends en mécanique.

Cet argument lui a cloué le bec, et c'est aussi l'effet – momentané, du moins – que la vue du véhicule rénové a eu sur Papou lorsque je le lui ai enfin présenté.

C'était un vendredi matin. J'étais resté debout toute la nuit pour procéder à d'ultimes réglages. Il ne me restait qu'à souhaiter que personne ne soit venu espionner ce sur quoi je me démenais depuis tout ce temps dans le garage aux portes sans cesse fermées. À cinq heures, tout était terminé et je me suis affalé sur le sol à côté de ma création, allumant une cigarette et ouvrant une canette. J'étais terrassé par le curieux mélange de jubilation et d'abattement qui vous assaille toujours quand vous venez d'achever un projet d'ampleur. Une heure plus tard, j'ai entendu des bruits de pas pressés. Papou arrivait au turbin. Me levant d'un bond, j'ai démarré le bahut et ouvert en grand la double porte, une mise en scène qui a produit l'impression désirée puisque le patriarche s'est immobilisé sur place et a lâché : « Merde alors ! »

Comme je l'avais prévu, c'est la carrosserie étincelante qui lui en a d'abord mis plein les mirettes. Le minibus était désormais blanc, d'un blanc éclatant que j'avais ciré et frotté pendant des heures. Il avait fallu trois couches de peinture pour recouvrir le piètre camouflage, et un pot entier de mastic pour colmater divers trous sur les ailes et le bas de caisse. D'accord, la finition n'était pas aussi impeccable que pour un concours de voitures de collection, mais elle n'en restait pas moins impressionnante lorsqu'on repensait à la dégaine du véhicule auparavant. Les enjoliveurs brillaient maintenant de mille feux, tous les chromes avaient été retouchés, le tableau de bord et les sièges avaient été débarrassés de la poussière collante du bush, l'habitacle avait été astiqué de fond en comble et chaque vitre était immaculée, transparente.

Et puis, il y avait le morceau de bravoure. Le moteur. Sous le capot ouvert, il se montrait sous son plus beau jour et ronronnait à la perfection, comme un orchestre bien accordé. Papou s'en est approché avec une expression qui n'était pas loin de la vénération. Il a passé un doigt sur l'aile polie, les yeux aimantés par le bloc de mille trois cents chevaux qui venait de retrouver une seconde jeunesse, l'oreille tendue pour ne rien perdre de sa cadence harmonieuse, sans une fausse note. Il lui a fallu un moment pour arriver à parler :

— T'as fait ça tout seul ? (Je me suis contenté de sourire.) C'est la première fois que tu t'démènes comme ça ?

— Sur un boulot aussi important, oui. Et c'est la première fois que je m'essayais à la carrosserie.

— Foutrement étonnant, a-t-il jugé, approbateur. J'te savais pas capable de ça.

— Moi non plus. Ça vous dit d'aller faire un tour ?

— Une bière serait plus d'circonstance. Et même deux, pour fêter ça. Ah, on s'est dégoté un putain d'mécano digne d'ce nom, finalement !

— Merci... Papou.

Il m'a observé d'un air où perçait une soudaine admiration :

— Bien joué, l'Amerloque.

C'était la première fois que j'entrais dans un pub à six heures et quart du matin. Papou avait la clé, que Les lui avait laissée avant de partir dans l'un de ses voyages de réapprovisionnement, et quand je lui ai expliqué que j'avais déjà dépensé tous mes crédoches de la semaine il m'a assuré que la bibine était offerte par la maison. Vers huit heures, alors que nous avions déjà nettoyé un pack de six chacun, nous avons été rejoints par Gus et Robbo, profitant d'une pause à l'abattoir. Une heure et trois autres pintes de bière plus tard, mon beau-père a tenu à ce que nous retournions tous au garage afin que ses deux acolytes puissent s'extasier devant mon œuvre. À dix heures, nous étions revenus au pub, où nous avons continué à nous

« repeindre la gueule », comme ils disaient, tout en échangeant des histoires de bagnoles ; à onze, Les est rentré de ses commissions et il a donc fallu l'escorter devant le minibus avant de reprendre notre session de pintage à la bière. À midi, Papou et moi étions les plus grands copains de la terre.

— Les, tu vas donner une prime d'vingt crédoches à mon poteau ici présent pour ce beau boulot qu'il a fait !

— C'est très aimable, Papou, ai-je proféré.

— Un putain de mécano ! a-t-il répété pour la dixième fois de la matinée, puis il s'est extrait du bar avec un sourire d'ivrogne et une démarche vacillante.

J'étais beurré, moi aussi, mais également grisé par mon succès, par les félicitations sincères de Papou et de ses trois hommes de main et enfin par le fait que je me sentais à l'aise pour la première fois depuis le début de mon incarcération à Wollanup. La camaraderie éthylique du pub me convenait. Je faisais partie des meubles. J'avais temporairement oublié mon état de prisonnier. J'étais rond déchiré.

Au point que descendre de mon tabouret de bar a représenté toute une entreprise. Remarquant mon égarement, Les m'a pris par le bras avec sollicitude et m'a déposé sur un lit de camp dans l'arrière-salle. J'ai sombré aussitôt dans le sommeil pour la première fois en trente-six heures.

C'est lui qui m'a réveillé d'un petit coup de pied vers cinq heures de l'après-midi.

— Faut te rentrer à la maison pour le dîner !

Gueule de bois avant le crépuscule : encore une nouvelle expérience mais celle-ci ne valait pas la peine d'être répétée. M'aventurant dans les chiottes repoussantes du pub, j'ai vidé ma vessie et passé ma tête sous l'eau du robinet. En route vers chez moi, j'ai brusquement eu envie de faire un détour par le garage pour jeter un rapide coup d'œil au minibus avant de ramener Angie l'admirer dans la soirée, histoire de cajoler ma vanité sans témoin. Alors que j'approchais de la cahute, j'ai été étonné d'entendre du bruit. Un vrombissement de perceuse électrique, des coups de marteau sur du métal… J'ai ouvert l'une des portes. Et j'ai vu un carnage.

Le moteur était démembré, les pneus lacérés, le catalyseur arraché et percé de trous. Un pot de peinture noire avait été renversé sur le capot. Les pare-chocs étaient enfoncés.

Torse nu, suant comme un bœuf, Papou était en train de perforer le delco avec une mèche de douze.

Je suis resté là, terrassé. Plus qu'incrédule : impuissant. Quand il s'est enfin rendu compte de ma présence, Papou a balancé la perceuse à mes pieds.

— Retape-le encore une fois, a-t-il ordonné d'un ton neutre.

Je n'ai pu articuler qu'un mot :

— Pourquoi ?

— Parce que t'es un putain d'mécano. Voilà pourquoi.

8

L'élimination sélective des chiens a eu lieu cette nuit-là. Les rues ont retenti de jappements affolés et de tirs de chevrotine alors que chaque famille traînait dehors cinq de ses clebs les moins présentables et les faisait trépasser. Nous n'avions pas d'animal domestique, nous, mais j'ai regretté que nous ne possédions pas de carabine. Je m'en serais servi avec plaisir sur Papou, d'abord, puis contre sa damnée fille.

— Papou dit qu't'y connais qu'de chie en bagnoles.

— Il ne dit que des conneries.

— Il dit qu't'as salopé le boulot sur le bahut.

— Hein ? Il l'a démoli, le bahut !

— Parce que l'travail avait été salopé, il dit.

— Foutaises !

— Il dit que l'bastringue démarrait même pas.

— Il était *parfait* !

— Il dit qu'tu sais même pas changer une bougie.

— Foutu menteur !

— Cause pas comme ça d'mon...

— Un foutu menteur et un foutu barbare, oui ! Comme vous l'êtes tous dans cette foutue ville !

Tchac ! Crochet du droit à la mâchoire. Sans réfléchir, j'ai riposté par un aller-retour au visage qui l'a déséquili-

161

brée. Elle a atterri à genoux sur le sol en ciment de notre « séjour » et s'est mise aussitôt à chialer. Le remords m'a assailli avec la même rapidité, mais quand je me suis penché sur elle pour l'aider à se relever et lui demander pardon, elle m'a surpris avec l'un de ces coups de poing en plein bide qui vous donnent l'impression que l'on vient de vous arracher les tripes. L'impact m'a coupé le souffle… et toute envie de m'excuser.

Je me suis réfugié sur le lit, plaquant un oreiller sur ma tête pour tenter d'échapper à sa nouvelle crise d'hystérie. Angie hurlait et vociférait, au point qu'aucun citoyen de Wollanup ne devait dorénavant ignorer que j'étais le pire vaurien que la terre ait porté, un lâche qui frappait les femmes enceintes, un branque, une merde ambulante, un minable, un…

Je m'en fichais. Bousiller mon minibus, c'était me bousiller. Cet enculé de Papou savait parfaitement ce qu'il faisait et, puisque sa petite Princesse avait elle aussi résolu de me détruire, mon attitude était désormais la suivante : « Allez-y. » Je n'avais plus d'espoir, de toute façon. Ma situation était sans issue. Ils voulaient un zombie ? Ils allaient en avoir un.

Pour commencer, je n'ai pas quitté le lit. J'ai refusé de prononcer un mot. J'ai refusé de m'alimenter. La première nuit de cette campagne de résistance passive, je n'ai même pas bougé pour aller aux toilettes, préférant me soulager sur le matelas pendant qu'Angie dormait près de moi. Sa patience ayant été déjà mise à rude épreuve par mon silence obstiné et ma passivité catatonique, la découverte que j'avais pris la couche nuptiale pour un urinoir l'a précipitée dans un autre accès de rage. Elle m'a traité de sagouin, de repoussant, de malade mental. C'est le moment que j'ai choisi pour relâcher mes sphincters et lui donner une vraie raison de beugler de la sorte.

Et elle a crié, en effet. À s'en casser la voix. Puis elle s'est jetée dehors. Elle est revenue une vingtaine de minutes plus tard avec des renforts, ou plutôt une aide médicale d'urgence en la personne de Gus. Muni d'une petite sacoche de médecin noire, celui-ci ne semblait pas enchanté d'être appelé en visite à deux heures du matin et, ainsi que je l'avais prévu, son agacement s'est mué en indignation révulsée dès qu'il s'est aperçu de l'état du lit.

— Putain de dégénéré d'Amerloque ! Quel porc ! Il fait ça souvent ?

— Ça va pas, la tête ? s'est indignée Angie.

— Je posais juste la question…

— Parce que tu penses qu'j'aurais vécu avec ça ? Que j'aurais supporté ça en silence ? Je te le dis, moi : il chie encore une fois sur ce pieu, j'l'abats comme les autres chiens dehors. Tu m'entends, branleur de Yankee ?

J'entendais, oui, mais je ne me suis pas départi de ma dégaine de cosmonaute perdu dans les étoiles : membres rigides, yeux fixes et bouche cousue.

— Qu'est-ce qui va pas chez lui ? a demandé Gus.

— T'es l'putain d'toubib, c'est à toi de me le dire !

Il a entrepris de me braquer dans les prunelles la lampe de poche qu'il avait apportée avec lui, puis il m'a collé un stéthoscope sur la poitrine et m'a martelé le bas des genoux avec un maillet en caoutchouc. Il s'est redressé :

— Ben, il est toujours vivant. Et tout a l'air d'fonctionner comme il faut. Ça doit être une sorte… d'attaque. Ou une dépression.

— Ou d'la comédie !

— On se chie pas dessus quand on fait semblant d'avoir des maux. Sauf si on est qu'un gros dégueulasse.

— C'est ce qu'il est !

— Allez, quoi, tu l'blâmes d'avoir un peu de néga-tivité en lui ? J'veux dire, il est pas exactement ici de sa propre volonté. Et après le saccage de Papou sur son minibus…

— Il l'avait complètement foiré, son minibus !

— Tu l'as vu une fois que Nicko l'a arrangé ?

— Nan, mais Papou a dit qu'c'était ni fait ni à faire.

— C'était magique, Angie ! Totalement génial. Ton Amerloque a bossé comme un chef et Papou a tout esquinté.

— Conneries !

— Si tu me crois pas, demande à Les ou à Robbo.

— Pourquoi il l'aurait abîmé, Papou ?

— Par jalousie. C'est ma première hypothèse. Jalousie et excès de bibine. Tu connais ton paternel : l'a horreur qu'on lui dame le pion et quand il se pète la gueule il devient un peu ouf.

— J'vais lui dire que t'as dit ça !

— Vas-y de ce pas. Et profites-en pour prévenir Robbo que tu dois prendre deux jours de congé pour soigner le Nicko, là.

— J'suis pas une putain d'infirmière !

— À partir de maintenant, si. N'importe comment, y a rien de compliqué : veiller à c'qu'il mange un brin, lui mettre un seau d'ssous chaque fois qu'il doit aller aux cagouinces, lui torcher le derche. C'est un bon entraînement pour quand tu vas avoir ton p'tit quin-quin. Et pendant que t'y es, pose-lui un bout de bidoche froide sur cette mâchoire tout enflée qu'il a. On dirait qu'tu lui as refilé un sacré coup.

— Il m'a frappée, lui aussi !

— Peut-être, mais toi, t'as fait plus de dégâts.

164

Dès que Gus a pris la porte et qu'il a été hors de portée de voix, Angie m'a déclaré entre ses dents :

— T'aimes la merde, tu dors dedans.

Et c'est ce que j'ai fait, puisqu'elle est allée ronfler sur la poire, me laissant à ma prostration et à mes draps souillés. C'est alors que j'ai compris que je ne m'étais pas contenté de simuler la dépression et qu'un court-circuit s'était réellement produit dans mon cerveau. Si j'avais juste joué les dépressifs, croyez-moi, j'aurais décrété la partie terminée sitôt Angie dans les vapes, car aucun stratagème ne vaut la peine de passer la nuit dans une mare d'excréments. Le problème, c'est que je n'avais plus de force, que toutes mes réserves de volonté avaient été utilisées, et ce même si j'aurais donné cher pour pouvoir bondir hors de cette puanteur et envoyer la literie merdeuse à la tête d'Angie. Je me sentais brisé, dévitalisé, anesthésié. J'étais incapable de bouger et ça m'était complètement égal. J'avais atteint le point de non-retour, celui à partir duquel plus rien n'a d'importance, ni de sens.

La nuit a été courte, heureusement. Angie s'est levée à cinq heures du matin, visiblement courbatue et épuisée par son somme sur l'inconfortable poire. En constatant que je n'avais pas quitté mon cloaque, et que je demeurais inerte, elle a été saisie par une culpabilité tout à fait manifeste. « Oh, bon Dieu ! » a-t-elle marmonné pour elle-même avant de me secouer comme un prunier et de brailler mon prénom dans mon oreille une trentaine de fois. Elle m'a imploré, supplié de reprendre connaissance puis, n'obtenant aucune réaction, elle s'est habillée en deux secondes et s'est précipitée dans la rue. Elle est réapparue une demi-heure plus tard en compagnie de ses frères jumeaux Tom et Rock qui trimbalaient un vieux matelas à deux places.

— Nom de Dieu, quel merdier ! s'est écrié Tom, sidéré par l'état et l'odeur du lit. Ça schlingue, là-dedans !

— Tu l'as laissé mariner dans sa merde toute la nuit ? a demandé Rock, tout autant abasourdi.

— J'pensais qu'il faisait le con, a plaidé Angie.

— Un vrai ange de miséricorde, notre sœurette, a glissé Rock à son jumeau.

— Ferme-la et aidez-moi plutôt à le fourrer sous la douche.

Les deux garçons se sont cru obligés d'émettre toutes sortes d'exclamations horrifiées en me traînant à la salle d'eau, non sans tourmenter leur sœur de remarques du style : « C'est ça, ton idée d'un mec sexy ? », ou « Tu lui essuies l'fion depuis que tu le connais, Angeou ? », ou « Faudrait peut-être qu'tu dises à Les de se pourvoir en couches-culottes taille gros naze d'Amerloque »…

De joyeux lurons, assurément, mais, loin d'être amusée, Angie a hurlé à ses frères de « cesser les carabistoules » et de procéder à leur putain de mission. Disciplinés, ils m'ont lâché dans le bac et ont ouvert le robinet en grand sur mon corps prostré jusqu'à éliminer la dernière trace de mon incontinence. M'abandonnant là, ils sont allés s'attaquer au lit : en un clin d'œil, ils ont roulé en boule les draps puants dans une taie d'oreiller et remplacé le matelas imbibé par celui qu'ils avaient traîné jusqu'ici.

— Et on fait quoi de cette merde ? a demandé Tom à sa sœur.

— À la montagne d'ordures, ballot !

— Ça va t'coûter six crédoches en bibine, l'a prévenue Rock.

— Et l'esprit de famille, trouduc ?

— C'est un sacré boulot, sœurette, a plaidé Tom.

— N'empêche, six crédoches, c'est de l'arnaque !

— T'as qu'à les prendre à ton Nicko, a suggéré Rock. L'a bien été payé avant de péter les plombs, non ?

— Pas con ! s'est exclamée Angie et, sans perdre un instant, elle s'est mise à fouiller mon tas d'habits laissés par terre.

Elle a retiré deux bandes de tickets de la poche arrière de mon short.

— Eh, m'est avis que tu vas multiplier par deux ta ration de biérettes, c'te semaine ! a commenté Rock.

— Pas si je dois rester ici à faire la nounou pour cette bûche ! Dites, vous voudriez pas me ramener deux trois canettes du magasin, pendant qu'vous y êtes ?

— Ça te fera quatre crédoches de plus, a annoncé Tom.

— Va t'faire !

— Deux, alors ?

— D'accord, a-t-elle soupiré en lui tendant trente centimètres de la monnaie wollanupienne.

Elle leur a demandé de me sortir du bac de douche et de me soutenir pendant qu'elle m'essuyait. Après m'avoir enfilé un tee-shirt, elle leur a fait signe de m'asseoir sur la cuvette. En me voyant abandonné dans cette position, cul nu, Rock a été sincèrement choqué :

— Quoi, tu vas le laisser là ?

— J'vais pas le laisser sagouiner encore une fois le lit, non ? Surtout que c'est le seul matelas en rab de la ville !

— Oui, mais c'est un peu vache, tu trouves pas ?

— Si tu veux t'asseoir auprès de lui et lui glisser une poêle sous le fion à chaque fois qu'il voudra en lâcher un, t'es libre.

— Non merci ! s'est récrié son frère.

— Je le laisse deux heures sur le trône et je te parie tout ce que tu veux qu'il va arrêter de jouer à l'andouille et redevenir le balochard habituel qu'il est.

— T'es vraiment une belle salope, toi ! s'est exclamé Tom.

— Plus belle, ça existe pas, a-t-elle rétorqué du tac-au-tac.

Elle n'avait pas tort, car au bout de trois heures abandonné sur ce chiotte putride mon cerveau embrumé m'a convaincu que les meilleures choses ont une fin et qu'il était temps de retourner au pieu. « Les morts se sont levés ! » s'est écriée Angie en me voyant gagner sur mes jambes flageolantes le « nouveau » matelas, aussi moisi et affaissé en son milieu que le précédent. J'ai adopté la position fœtale et je n'ai pas répondu à son persiflage.

— Tu continues à jouer les cinglés, hein ? a-t-elle maugréé.

En effet. Si un sursaut d'énergie m'avait permis de m'extirper des latrines, il ne m'avait pas ramené pour autant à la normalité, et la volonté continuait à me faire spectaculairement défaut. Ni parler ni manger : je ne voulais rien.

— À ta guise, mon cœur, a continué Angie. Je te préviens juste que je te ramène illico aux chiottes et que je t'y boucle à double tour si tu me refais le coup de chier au plumard.

Prenant sa mise en garde au sérieux, je me suis montré continent pendant tout le reste de ma maladie. À part pour faire mes besoins, j'ai fait corps avec le matelas, ne m'asseyant que pour être nourri à la petite cuillère par Angie d'un infâme potage de légumes, une cuillerée à café de carottes et de haricots en conserve dans une tasse d'eau bouillante. J'ai par contre été incapable d'avaler tous les aliments plus consistants qu'elle a tenté de me donner, et même quelque chose d'aussi insipide que ses œufs brouillés en poudre me donnait la nausée. Elle a donc dû se résigner à me conserver en vie avec son brouet, à rouspéter sans arrêt contre ses responsabilités d'infirmière, à s'enfiler des bières et à repasser en boucle ses musiques de film pour meubler le silence déprimant de son nid d'amour transformé en hôpital.

Au bout de trois jours, elle en est arrivée au stade où elle me considérait avec le détachement hargneux d'une garde-malade en gériatrie. Je n'étais plus qu'un tas sur le lit qu'il fallait nourrir trois fois par jour et ignorer le reste du temps. Elle n'essayait même plus de m'adresser la parole, se bornant à me taper sur l'épaule et de grommeler son fameux « À la graille ! » avant de m'enfourner des cuillerées de soupe dans la bouche dans un silence ouvertement écœuré.

Elle s'est décidée à parler de nouveau le deuxième samedi de ma dépression. Pour m'annoncer d'un ton sec qu'elle irait au pub dans la soirée, parce que après une semaine de huis-clos avec moi elle avait sérieuse-ment besoin de quelques pintes. Et elle allait commencer par me trouver une nounou, a-t-elle annoncé. Elle n'est revenue qu'au crépuscule ; à sa démarche incertaine lorsqu'elle a franchi la porte, j'ai compris qu'elle avait déjà commencé à se préparer une monumentale gueule de bois pour le lendemain.

— Alors, le p'tit quinquin il est content de revoir Moman ? a-t-elle demandé d'une voix pâteuse. Le p'tit quinquin, il a pas fait caca au lit, hein ?

— Arrête d'embêter ce garçon, Angie, a lancé quelqu'un derrière elle.

— Moman t'a amené une copine pour jouer avec...

Krystal est entrée à ce moment-là.

— Salut, Nick, a-t-elle dit en essayant d'adopter un ton dégagé. Comment ça va ?

— Il te causera pas, ce naze, est intervenue Angie.

— Peut-être que si.

— Nan, c'est rien qu'un débile qui cause plus, maintenant.

Mais Krystal voulait à tout prix faire ami-amie, et elle a continué :

— Vous avez beaucoup maigri, Nick.

— Bien sûr qu'il est maigre comme tout ! a beuglé Angie. Tu bouffes que de la soupe de légumes pendant une semaine et tu verras si tu perds pas du poids, toi aussi !

— Je n'en ai pas besoin, moi, a noté Krystal en laissant ses yeux s'attarder une seconde sur les hanches épaisses de sa sœur.

— Salope, a sifflé cette dernière.

— Bon, tu as des consignes particulières pour la soirée ?

— Il reste du bouillon dans la casserole sur le réchaud. D'ici une heure environ, tu le réchauffes et tu lui en refiles une tasse. Je vois rien d'autre.

— Alors, file, a commandé Krystal.

— T'es sûre que ça t'embête pas ?

— Mais non.

— T'es super, ma sœur.

Angie disparue, Krystal a attrapé une chaise qu'elle a traînée jusqu'au lit.

— « *Tu couches avec une frappadingue, tu vis avec une frappadingue.* » Je pensais qu'un garçon intelligent comme toi savait que c'est la règle numéro deux de la vie dans l'outback…

Un sourire sarcastique s'est formé sur ses lèvres, d'autant plus surprenant que je l'avais toujours vue avec une mine sérieuse. Assise près de moi, elle s'exprimait avec une décontraction très différente de la réserve qu'elle avait manifestée à notre première rencontre en public.

— N'est-ce pas que tu vas me parler, Nick ? Parce qu'il y a vraiment beaucoup à dire, n'est-ce pas ?

J'ai vaguement haussé les épaules.

— Prends ton temps, je ne suis pas pressée. Tu t'exprimeras quand tu seras prêt. Mais, pour l'instant, il faut manger. Surtout qu'Angie ne t'a probablement nourri qu'avec de l'eau de vaisselle…

Elle a traversé le rideau de perles pour entrer à la cuisine. Plongeant une cuillère dans le bouillon, elle l'a goûté prudemment et l'a recraché avec la tête de quelqu'un qui vient d'ingérer par accident de l'acide sulfurique.

— Pas étonnant que tu n'aies plus d'appétit, a-t-elle commenté en versant la casserole dans l'évier. Voyons si je ne peux pas faire un peu mieux.

Elle a fouillé les placards, réunissant une sélection de boîtes de conserve et de condiments. Une trentaine de minutes après, elle s'est approchée de moi, une tasse fumante à la main.

— C'est encore de la soupe de légumes, je te préviens. C'est tout ce que je pouvais préparer avec ce qu'il y a ici.

Après m'avoir aidé à me redresser sur les oreillers, elle m'a nourri à la cuillère. C'était encore une bouillie de carottes et de haricots, mais elle s'était débrouillée pour la rendre mangeable, et même savoureuse, si bien que j'ai avalé deux tasses coup sur coup avant de m'assoupir. Angie m'a réveillé en manquant d'enfoncer la porte d'entrée à son retour. Krystal était toujours à mon chevet, une vieille édition scolaire de *Robinson Crusoé* sur les genoux.

— C'est pas un mignon tableau, ça ? s'est extasiée Angie ; la nounou qui surveille le p'tit quinquin ! Il t'a donné du mal ?

— Il n'a pratiquement pas bougé de la soirée.

— Ah, y a des nanas qu'ont trop de bol ! (Elle a roté. Bruyamment.) Dis voir, tu voudrais pas le surveiller encore, je suppose ?

— C'est possible. Si c'est payé.

— Huit crédoches ?

— Dix.

— Et si je te propose huit pour mercredi et dix pour samedi prochain ? À moins que tu tiennes trop à assister au barbecue ?

— Je peux m'en passser. Pour douze crédoches.

— Salope !

— C'est mon dernier prix.

Angie a lâché un nouveau rot retentissant.

— OK, t'es embauchée.

Après le départ de Krystal, la maison a été plongée dans le même silence oppressant pendant soixante-douze heures, tandis que je retrouvais le rata de caserne que seule Angie était capable de cuisiner. Le mardi, je me suis mis à compter les heures qui me séparaient de la visite de ma belle-sœur.

— Il va mieux ? a-t-elle tout de suite demandé en entrant le mercredi soir, un petit filet à provisions à la main.

— Nan. Il joue toujours les attardés mentaux.

172

Dès qu'Angie a mis le cap sur le pub, Krystal m'a regardé longuement.

— Tu vas mieux, n'est-ce pas, Nick ? (Je n'ai pas bronché.) Assez bien pour manger une omelette, peut-être ? (J'ai fait non de la tête.) Une omelette avec de vrais œufs ?

Mes premiers mots après deux semaines de silence sont enfin sortis de ma bouche :

— De… vrais… œufs ?

Saluant d'un sourire mon retour sur la planète Terre, elle a sorti de son filet une boîte.

— Une demi-douzaine d'œufs fermiers, a-t-elle annoncé. Les les a achetés hier à Kalgoorlie. Avec une livre de cheddar, aussi, et quelques rosés des prés. Tu penses que ton estomac supporterait ça ?

— Je… peux… essayer.

— Alors, je mets en route une omelette aux champignons et au fromage ! Mais si tu allais faire un tour sous la douche pendant que je prépare le dîner ? Je ne mange pas avec quelqu'un qui empeste, moi. Et c'est ton cas.

Impossible de la contredire car la dernière fois que j'avais été en contact avec de l'eau courante remontait à douze jours, quand Tom et Rock m'avaient traîné sous la douche. Malgré ma fatigue chronique, l'odeur du beurre en train de fondre dans une poêle, effluves inconnus jusque-là à Wollanup, m'a encouragé à me secouer.

Comme toujours, la douche était glacée. Passé le choc initial, pourtant, le froid m'a revigoré et lentement sorti de mon hébétude. J'ai même réussi à passer un rasoir sur mes joues et à me savonner jusqu'à me dépouiller de la crasse accumulée. Une fois séché, et pendant que Krystal baissait chastement les yeux, je

173

me suis hâté de revenir au lit et d'enfiler un short propre.

— Ça fait du bien, non ?

— Assez, oui, ai-je murmuré avant de devoir m'allonger précipitamment sur le matelas, car j'avais soudain la tête qui tournait.

— Je ne crois pas que tu sois encore prêt pour dîner à table, a dit Krystal en revenant avec deux assiettes. Tu veux que je te donne la becquée ?

— Je vais… me… débrouiller.

Attrapant l'assiette et la fourchette qu'elle me tendait, j'ai été de nouveau pris de vertige, délicieux cette fois, en humant ce parfum si enivrant après des semaines de bouffe industrielle. Même si ma main tremblait un peu, j'ai découpé une bouchée d'omelette cuite à la perfection, qui m'a instantanément ramené au Miss Brunswick Diner, un relais routier de la 95 dans le Maine qui avait la meilleure omelette fromage-champignons que j'aie jamais goûtée. Jusqu'à celle de Krystal.

— C'est bon ? a-t-elle voulu savoir.

— Oui… Plus que bon.

— Mange lentement. Ton estomac doit se réhabituer à une nourriture solide.

Suivant ses instructions, j'ai mangé en savourant chaque bouchée. Quand j'ai terminé, Krystal a exhibé de son sac une autre surprise de taille : un paquet de Marlboro.

— Où… tu as pris ça ?

— Je les ai taxées à Les.

— Je ne savais pas qu'il en avait. Ni d'œufs frais…

— Théoriquement, il n'en a pas. Mais chaque semaine il ramène une sélection de douceurs pour lui et ses trois compères. Des steaks et du poulet congelés, des œufs, du bon vin australien, voire une bouteille de scotch quinze ans d'âge, de temps à autre. Ils ne partagent rien de tout ça avec leurs familles, ils le gardent pour leurs petites réunions hebdomadaires… Tous les quatre dans une pièce à l'étage du pub, à bâfrer de l'aloyau, de l'entrecôte et du blanc de poulet, tout ça arrosé d'un excellent shiraz. Évidemment, ils tiennent rigoureusement secret le menu de ces gueuletons privés, parce qu'ils se doutent bien qu'il y aurait des représailles de la part des citoyens de base comme nous qui devons subsister avec de la viande de kangou et du corned-beef…

— Pourquoi Les partage avec toi, alors ?

— Le remords.

— À propos de quoi ?

— De Jack.

— Ton mari ?

— On n'a jamais été mariés.

— Mais Angie dit que…

— Angie ment souvent, et beaucoup.

— Ce n'est pas… sa bague, ça ? ai-je fait, levant en l'air ma main gauche.

— Si, c'était à Jack. Mais ce n'est pas une alliance. Juste une bague en toc qu'il portait pour rigoler.

— Pourquoi est-ce que Les… se sent coupable à cause de Jack ?

— Une autre fois, Nick.

— Ils l'ont tué ?

— Pas maintenant, s'il te plaît.

— Mais je…

— Non !

Elle était tellement véhémente que j'ai renoncé sur-le-champ.

— Pardon.

— Ça va, a-t-elle murmuré en me serrant brièvement les doigts. Tu as envie d'une Marlboro, j'imagine ?

— Ouais… Une.

Elle m'a tendu le paquet et une boîte d'allumettes.

— Je ne peux pas te les laisser, malheureusement. Si Angie s'en aperçoit, elle le dira à notre mère et il y aura un scandale terrible. Tu connais Gladys et sa campagne permanente pour avoir des cigarettes de marque ! Alors il faudra que tu en fumes autant que tu peux ce soir.

Déchirant la cellophane, je lui en ai proposé une.

— Non, non. Je suis la seule habitante de Wollanup de plus de quatorze ans qui ne fume pas.

Les mains tremblantes, je me suis un peu battu avec les allumettes avant d'arriver à en craquer une. J'ai aspiré une goulée de fumée, qui a pénétré mes poumons du riche arôme du tabac de Virginie, puis j'ai fermé les yeux en soufflant sans hâte.

— Merci. Merci beaucoup. Pour tout.

— Quel goût ça a, une Marlboro ?

J'ai pris une autre bouffée dont j'ai gardé la saveur le plus longtemps possible.

— Ça a le goût… de chez moi, ai-je fini par répondre.

— Désolé de t'avoir donné le mal du pays.

— Je l'ai tout le temps.

— Je ne pourrais pas te le reprocher. C'est un endroit affreux, ici. Ce n'était pas censé l'être, mais c'est comme ça que ç'a tourné, a-t-elle avoué en fouillant son sac, exhibant cette fois une grande enveloppe en papier kraft toute froissée. Je me suis dit que tu aimerais jeter un coup d'œil à ça, a-t-elle dit en me l'offrant.

À l'intérieur, j'ai trouvé une petite liasse de coupures de presse jaunies. La première datait du 12 mars 1979 et provenait du *West Australian*, un quotidien de Perth.

TROIS MORTS DANS L'EXPLOSION D'UNE MINE D'AMIANTE.

Wollanup, Australie-Occidentale : Trois mineurs ont été tués sur le coup hier, quand une charge de dynamite a accidentellement explosé dans une mine d'amiante de la compagnie Union Minerals près de Wollanup, Grand Désert de Victoria. Selon des témoins oculaires, les explosifs avaient été placés sous un quartier de roche qui empêchait de percer la galerie plus avant, et ils auraient été mis à feu prématurément, provoquant la mort instantanée des trois mineurs. Il s'agit de Joe John Drysdale, 55 ans, et des frères Reynolds, Harold, 51 ans, et Buster, 54 ans. Tous étaient mariés, pères de famille et résidaient à Wollanup. Les équipes de secours n'ont pas été en mesure d'évacuer leurs dépouilles, un incendie s'étant déclaré dans la galerie.

— Buster Reynolds était mon grand-père, a expliqué Krystal. Le père de papa. Et Harold était le père de Les.

J'ai pris la coupure suivante, du même titre mais publiée le 14 mars 1979.

APRÈS L'EXPLOSION, LA VILLE MINIÈRE SERA ÉVACUÉE.

Wollanup, Australie-Occidentale : L'agglomération minière de Wollanup, en plein désert de Victoria, devra être évacuée à la suite de l'explosion survenue il y a deux jours dans une mine d'amiante proche de la ville, des feux souterrains faisant toujours rage dans plusieurs galeries.

Annonçant hier cette décision à Canberra, le ministre de l'Industrie minière et des Ressources nationales, M. Jock Smithson (libéral, Gold Fields) a déclaré qu'un « incendie dans une mine d'amiante consti-

tue un risque grave pour la santé des populations avoisinantes. Cet accident tragique a déjà coûté la vie à trois mineurs et nous ne voulons pas avoir à déplorer d'autres décès. En conséquence, nous sommes contraints d'ordonner l'évacuation immédiate de la ville. » Les cent vingt résidents de Wollanup seront transférés en autobus à Kalgoorlie, l'agglomération la plus proche (700 km). Un hébergement d'urgence sera assuré par la Direction des services sociaux d'Australie-Occidentale.

— Je n'oublierai jamais ce voyage à Kalgoorlie, a poursuivi Krystal. J'avais dix ans, à l'époque. Un traumatisme incroyable. La mort de son père avait plongé papa dans une rage terrible. Il criait que les gens de la compagnie étaient responsables parce qu'ils achetaient toujours de la dynamite de mauvaise qualité. Tout le monde pleurait d'être forcé d'abandonner sa maison. C'était en plein été, ils nous ont envoyé des bus qui n'avaient pas l'air conditionné et il nous a fallu vingt heures pour arriver à Kalgoorlie, à cause de l'état des routes. Et ensuite, ils nous ont mis dans une caserne désaffectée aux abords de la ville. Des baraquements qui n'avaient pas été entretenus pendant dix ans. Des crottes de rat partout, les toilettes bouchées… Pour couronner le tout, Union Minerals a arrêté de verser leur salaire aux mineurs après trois ou quatre semaines, parce qu'ils avaient décidé de fermer la mine.

La coupure suivante était datée du 20 avril 1979.

LA MINE D'AMIANTE DE WOLLANUP BIENTÔT FERMÉE. Perth, Australie-Occidentale : La SA Union Minerals of Australia a annoncé aujourd'hui la ferme-

ture immédiate de sa mine d'amiante de Wollanup, gravement endommagée à la suite d'une explosion le mois dernier. Dans un communiqué de presse, le vice-président de la compagnie minière, Russell Hanley, déclare qu'Union Minerals « est au regret d'avoir à renoncer à une mine qui était en fonctionnement depuis 1889 et appartenait à l'histoire de l'industrie minière australienne. La récente explosion au cours de laquelle trois de nos employés les plus expérimentés ont péri, et les incendies qui l'ont suivie, ont rendu les galeries impraticables, d'autant que nos experts en sécurité nous signalent la présence de feux d'amiante couvant encore dans plusieurs secteurs. »

La décision d'Union Minerals a provoqué des réactions indignées parmi les habitants de Wollanup, qui pour la plupart continuent à être logés provisoirement à Kalgoorlie. Les représentants du « Comité d'action de Wollanup », Millard et Lester Reynolds, dont les pères ont trouvé la mort dans la tragédie, ont déclaré à des journalistes qu'il s'agissait d'un « arrêt de mort pour notre ville ».

— Quoi ? me suis-je écrié. Papou s'appelle « Millard », en réalité ?

Krystal n'a pu réprimer un gloussement.

— Ne lui laisse jamais entendre que tu le sais, surtout. Il déteste son prénom.

— Et qu'est-ce qui s'est passé... après la fermeture ?

— Ç'a mal tourné. Très mal.

Dans le *West Australian* du 2 mai 1979, on pouvait lire :

Perth, Australie-Occidentale : À la suite de violents affrontements avec la police devant le siège de la compagnie Union Minerals à Perth, deux manifestants de sexe masculin ont été arrêtés hier.

Millard et Lester Reynolds, du « Comité d'action de Wollanup », ont été placés en garde à vue après avoir physiquement pris à partie le vice-président et porte-parole de la compagnie minière, Russell Hanley, quand celui-ci tentait de quitter l'immeuble d'Union Minerals. D'autres incidents ont éclaté lorsque des manifestants ont voulu bloquer la camionnette de la police qui emmenait les deux prévenus.

Présentés au juge du tribunal de William Street pour être formellement inculpés de troubles à l'ordre public, les Reynolds ont ensuite été relâchés moyennant le versement d'une caution de cent dollars et la promesse de calmer leurs troupes. Dans des déclarations à la presse après l'audience, Millard Reynolds a estimé que la direction d'Union Minerals se montrait « inhumaine » : « Nous avons perdu nos pères dans leur mine, nous avons perdu nos maisons, notre ville, et que nous ont-ils offert en compensation ? Rien ! Ils ont laissé les autorités nous parquer dans des locaux insalubres, ils ont suspendu le paiement de nos salaires, refusé de verser un sou aux familles endeuillées par le drame. Comme je vois les choses, ils ne sont rien d'autre qu'une bande de sauvages. »

— Si papa et Les ne sont pas allés en prison, c'est parce que la compagnie a fini par avoir très mauvaise presse à cause de son comportement envers les mineurs, alors la direction d'Union Minerals a demandé au procureur de renoncer aux poursuites. Et puis elle a fini par cracher une aumône : cinq mille dollars à chaque famille de Wollanup, dix mille de plus aux veuves des trois employés tués. Dérisoire, vraiment. Surtout pour des gens comme nous, qui venaient de voir tout leur petit univers voler en éclats. Le pire, c'est que les mines de Kalgoorlie n'embauchaient plus, en ce temps-là ; donc, les hommes de Wollanup ont dû aller chercher du travail dans les régions du pays où il y en avait encore. La communauté que nous formions jusqu'alors a implosé. Papa a trouvé un job dans un garage à Perth et nous sommes partis vivre là-bas. Maman était femme de ménage dans un hôtel. Puis Les nous a rejoints avec sa famille, et ensuite Robbo. Ils ont réussi à se faire embaucher ensemble dans un abattoir près de Fremantle, un travail de nuit. Un jour, Gus a surgi de nulle part. Il s'est débrouillé pour être accepté en première année de médecine à l'université mais il a vite laissé tomber les études et s'est mis à traîner avec des junkies. Il trafiquait de l'herbe et il gagnait plutôt très bien sa vie, même, mais il ne s'est jamais fait à la grande ville, pas plus que mon père et les autres. Tous, ils n'arrêtaient pas de parler de retourner à Wollanup, un jour ou l'autre…

Ayant jeté un coup d'œil à sa montre, Krystal s'est brusquement affairée. Elle a rangé les coupures de presse, emporté les assiettes à la cuisine.

— Il vaut mieux s'arrêter là, avant qu'Angie nous tombe dessus, ivre comme une barrique. Je te montrerai la suite samedi. Tu aimes les steaks ?

— De kangourou ?

— De bœuf, et dans le filet ! Les m'a dit qu'il m'en avait mis deux de côté au congélateur. Ce sera notre version du barbecue-feu d'ordures. Qu'en penses-tu ?

— Vivement samedi…

Angie a été satisfaite de voir que Krystal m'avait forcé à prendre une douche.

— Putain de moi, il est propre comme un sou neuf ! s'est-elle bornée à commenter d'une voix de pocharde.

En sa présence, cependant, je restais le zombie que j'avais été, rongeant mon frein en attendant samedi soir, six heures.

À peine Krystal est-elle arrivée pile à l'heure que sa sœur s'est précipitée à la porte en annonçant à la ronde : « Je vais rentrer très tard, compris ? » Quand nous avons été sûrs qu'elle était loin, Krystal a posé son sac sur la table pliante de la cuisine et en a sorti un paquet en papier paraffiné qu'elle a ouvert, laissant apparaître deux superbes tournedos, de cinq bons centimètres d'épaisseur.

— Une merveille, non ? a-t-elle lancé.

J'ai remarqué qu'elle s'était lavé les cheveux et qu'elle dégageait un parfum exotique, peut-être du patchouli. Avec entrain, elle a continué à déballer de son sac un incroyable assortiment de produits frais.

— Au menu ce soir : tournedos poêlés, céleri braisé au beurre d'ail et salade de tomates. Avec une bouteille de cabernet-sauvignon Cape Mentelle, du très bon. Mais d'abord, qu'est-ce que tu dirais de… retourner à la douche. Tu schlingues dur, mon ami !

Je n'ai pas pu tenir plus de cinq minutes sous la cascade polaire mais l'effet a été positif, une nouvelle fois. Ensuite, au lieu de remettre mon short et mon tee-shirt crasseux, j'ai préféré prendre mes plus beaux atours dans ma malle : une vieille chemise blanche Brooks Brothers et un pantalon en toile Gap. C'était la première fois que je portais un pantalon long depuis mon arrivée au pays d'Oz.

— On dirait un autre homme, a approuvé Krystal en m'examinant des pieds à la tête. Alors, tu te sens redevenir humain ?

— Presque, presque…

— Goûte ça, ça va t'aider, a-t-elle fait en me tendant un verre rempli d'un vin écarlate.

J'ai aspiré son bouquet à plein nez, le cerveau titillé par la complexité des arômes. Puis j'ai pris une petite, une infime gorgée.

Pendant la crise des otages à Beyrouth, je me rappelle avoir lu quelque part que l'un des captifs français avait publié peu après sa libération un essai à propos du vin. Ce n'était pas un manuel d'œnologie, ni l'un de ces guides qui promettent « les meilleurs bordeaux au plus bas prix », mais plutôt une réflexion sur la spiritualité d'un grand cru, la dimension métaphysique d'un chablis et autres réflexions typiquement françaises. À l'instant où ces quelques gouttes de Cape Mentelle ont électrisé mes papilles, j'ai soudain compris la résonance que le concept même de bon vin peut atteindre chez un homme retenu contre sa volonté. Son impact émotionnel ne vient pas de la stimulation procurée par son degré d'alcool, mais de la manière subtile dont il vous remémore tout ce que la vie offre de mieux et, dans le même mouvement, vous invite à dépasser mentalement l'extrême dureté de votre situation. La spiritualité n'est-elle pas, avant tout, la recherche d'un état d'exaltation qui transcende l'existence quotidienne ? Je me suis dit qu'un verre ou deux de ce nectar hors pair n'était pas le pire moyen d'y parvenir.

Le dîner tout entier a été une variation sur l'art d'échapper à une réalité décidément trop accablante. Krystal avait apporté des sets de table et deux serviettes en lin, deux assiettes en porcelaine et le seul disque de musique classique de tout Wollanup, le *Concerto pour clarinette*, de Mozart, qu'elle a placé sur le tourne-disque avant d'allumer une bougie. Lorsqu'elle a éteint le néon, cette bicoque innommable que je devais appeler ma maison a été baignée d'une lumière dorée et changeante. Elle a servi les tournedos, saisis à point au-dehors, tièdes et rosés à cœur. L'accompagnement avait la même élégance, le céleri parfaitement braisé, les tomates relevées d'une légère vinaigrette subtilement parfumée au basilic. Très conscients de la singularité de ce moment au sein du sinistre contexte qui était le nôtre, nous avons mangé dans un silence ébloui, religieux. C'était plus qu'un repas. C'était une communion spirituelle.

— Je n'ai pas trouvé de café digne de ce nom, a dit Krystal à la fin du dîner, mais j'ai rapporté les Marlboro.

— Tu es fantastique.

— Mais non, a-t-elle soufflé tout bas, et quand elle a repris son sac qu'elle avait posé au sol à côté d'elle j'ai vu qu'elle avait rougi. Tiens, j'ai rapporté ça, aussi.

Elle m'a passé deux autres articles de journal. Le premier avait fait la une du supplément hebdomadaire du *Melbourne Age*, l'édition du 16 mai 1983. Il était accompagné d'une grande photographie de Papou, sur laquelle il apparaissait campé au milieu de la grand-rue de Wollanup, un tantinet plus jeune mais tout aussi simiesque et menaçant.

UNE VILLE EST MORTE HIER.
Par Kirstin Keeler

Il est revenu chez lui pour l'enterrement. Les obsèques de la ville que sa famille, depuis trois générations, avait cru juste de considérer sienne. Samedi dernier, en effet, les autorités fédérales de Canberra ont tout bonnement rayé de la carte le village minier de Wollanup, en plein cœur du Grand Désert de Victoria. Et pour Millard Reynolds, qui est né et a grandi ici comme ses parents et grands-parents avant lui, cette décision a été comme le certificat de décès d'un être cher.

C'est le ministre fédéral de l'Industrie et des Ressources minières, Ron Browning (travailliste, Port Hedland), qui a sonné le glas pour Wollanup en décrétant vendredi dernier que la ville, évacuée depuis une explosion minière dévastatrice survenue en 1979, ne serait plus jamais considérée comme une infrastructure dépendant de l'État d'Australie-Occidentale, ni du gouvernement de la fédération australienne (...).

— Il n'empêche que mon père est retourné plus d'une fois à Wollanup, en ce temps-là, a commenté Krystal. Pour s'assurer que des Aborigènes ou des routards n'avaient pas pris possession de la ville. Les et Robbo l'accompagnaient souvent, parfois Gus aussi. À l'époque, nos quatre familles vivaient toutes ensemble dans deux maisons mitoyennes à Fremantle. Une vraie communauté alternative, avec plein de gosses qui se baladaient tout nus, plein de ganja fumée ensemble, plein de projets grandioses discutés et disséqués pendant des heures. Je revois papa et ses trois potes se passer un gros joint en parlant de leur grand rêve : retourner à Wollanup pour y bâtir une société à part, coupée du reste du pays, basée sur un collectivisme authentique capable de la préserver de la cupidité et de l'égoïsme qui, selon eux, avaient détruit l'Australie contemporaine. La ville n'attendait que le moment d'être repeuplée. Tout ce qu'ils devaient trouver, c'était une activité quelconque qui assurerait leur subsistance, une industrie ou une autre. Mais quelque chose de discret, aussi, pour que personne ne remarque que des gens étaient revenus vivre dans un endroit que les autorités fédérales avaient taxé d'inhabitable…

Elle m'a raconté qu'une ou deux grands-mères étaient mortes, vers cette époque, ce qui avait apporté quelque argent à leurs familles – autour de vingt mille dollars –, une réserve mise de côté en vue de leur grand exode vers Wollanup. Et puis, un beau matin de 1986, Robbo était rentré du travail, tout excité : il avait rencontré à l'abattoir un certain Jones, un type qui venait d'ouvrir une conserverie d'aliments pour animaux domestiques à Kalgoorlie et cherchait quelqu'un qui puisse lui fournir de la viande de kangourou dans ce coin perdu de l'Australie-Occidentale. Quelques jours plus tard, il était allé chez eux pour parler affaires. Après une expédition d'un week-end à Wollanup pendant laquelle le quatuor lui avait montré un vieil entrepôt qui pourrait être idéalement converti en usine à viande, Jones avait conclu un marché avec eux : en échange de l'investissement initial pour la chaîne d'abattage et l'équipement, il ferait de la bande de Wollanup ses fournisseurs exclusifs de viande de kangourou. Par gratitude, ceux-ci lui vendraient la bidoche moitié moins chère que sur le marché national, et sans lui facturer la taxe fédérale puisqu'ils seraient techniquement une société fantôme opérant dans une agglomération qui, pour Canberra, n'existait même plus.

Je suis arrivé à la dernière coupure de presse, extraite du principal hebdomadaire d'information du pays, *The Bulletin*, daté du 2 mai 1986 : d'après Krystal, cela avait été la dernière fois que le nom de Wollanup avait été jamais imprimé quelque part. Une petite entrée dans la rubrique « Au jour le jour » :

NI VU, NI CONNU.
La semaine dernière, une ville a été littéralement rayée de la carte avec la publication du nouvel atlas du Royal Australian Automobile Club. Un fin limier de notre rédaction a en effet remarqué que la cité minière de Wollanup, dans le Grand Désert de Victoria, condamnée à la disparition par les autorités fédérales après une explosion dans une mine d'amiante en 1979, ne méritait plus la considération des experts du RAAC, de même que la piste de 320 km qui la reliait jusqu'alors à la route de Kalgoorlie. Selon Reginald Caton-Jones, le chef du service de cartographie de la digne institution, le choix de ne plus indiquer Wollanup sur les cartes d'Australie-Occidentale est justifié, puisque « ce n'est plus qu'une ville fantôme perdue au fin fond du bush. À nos yeux, je dois dire, elle n'a plus d'existence en tant que telle. Et quand une ville est morte, elle n'a plus sa place sur nos relevés topographiques. »

Krystal a continué son commentaire de texte :

— Nous avons déménagé presque tout de suite après avoir lu cet article, parce qu'à ce stade nous savions que personne n'aurait la tentation de venir squatter à Wollanup. Nous avons tiré un trait sur notre vie à Fremantle. Nous, les enfants, nous avions pour instruction de dire aux voisins et à nos professeurs que nos pères avaient trouvé du travail dans l'Est. Une nuit, nous avons pris une valise chacun et nous sommes partis. Pour toujours.

— Aucun de vous n'a discuté ?

— Nous étions tous conditionnés dans l'idée que ça allait être une aventure fantastique. Un camp de vacances à l'année, en quelque sorte.

— Et toi aussi, tu y as cru ?

— Complètement ! Je venais de commencer l'institut de formation des instituteurs, j'avais un petit ami surfeur, Dave, avec qui je passais tout mon temps libre à la plage... Mais quand mon père m'a pris entre quat'z'yeux et m'a dit « On va avoir besoin d'une maîtresse d'école à Wollanup », je me suis sentie incapable de refuser. La famille, c'est sacré, quand même... En plus, cette perspective de faire revivre une ville morte, « ma » ville, je trouvais ça romantique.

Elle a réfléchi un moment.

— C'est vrai que nous nous voyions comme des pionniers, les premières années. Cette lutte quotidienne pour assurer nos besoins de base, partager le peu de ressources qu'on avait. Apprendre à se passer de télé, de cinéma. Se réaccoutumer à la vie au milieu de nulle part. Mais tout le monde prenait ça bien, très bien. Nous avions notre petit monde à nous, avec des règles que nous inventions tous les jours, et nous pouvions envoyer paître le reste de la Création...

Tous les quatre, son père et les autres, s'étaient démenés. Ils avaient mis au point leur système de tickets, ils avaient tout fait pour que leur usine à viande devienne rentable. Dans leur utopie, ils n'avaient oublié qu'un détail : lorsque leurs fils et leurs filles grandiraient, où trouveraient-ils chaussure à leur pied ?

— C'est ta chère Angie qui a mis le problème sur la table, m'a confié Krystal. À dix-neuf ans. Oncle Les est tombé sur elle dans le poulailler, une nuit. Avec l'un des fils de Robbo.

J'ai failli m'étouffer avec ma cigarette.

— Elle… Tu veux dire qu'elle baisait avec un de ses cousins ?

— Pete, oui. Celui que tu as vu décapiter les kangourous à la tronçonneuse.

— Mais elle m'avait dit que…

— Quoi ?

— Que j'étais le…

— Le premier ? a-t-elle poursuivi, l'incrédulité avait fait monter sa voix dans les aigus. Et tu l'as crue ?

— Je… Oui, il faut croire.

— Ah, les hommes ! Quels crétins ! Ça se pavane, ça fait le malin, mais dès qu'il y a une chance de coucher avec une fille, ça se transforme en taré complet. Alors, non, mon cher, tu n'étais pas le premier, ni le deuxième, ni le cinquième. Vois-tu, presque tout Wollanup est passé sur Angie. Elle a initié pratiquement tous les jeunes mâles de la ville, ses cousins, jusqu'à ce que Les tombe sur elle et Pete en train de copuler. Et là, elle a commencé à regretter ses petites rigolades. Parce qu'elle s'est retrouvée enceinte.

J'ai encore manqué de m'étrangler sur ma Marlboro.

— Et le… bébé ? Qu'est-ce qui s'est passé ?

— Elle a fait une fausse couche à deux mois. Comme tu t'en doutes, ç'a soulagé tout le monde, mais tous les parents ont commencé à s'inquiéter, évidemment. Ils ont compris que le risque d'avoir des enfants entre cousins devenait sérieux, voire même entre frères et sœurs... Il fallait prendre des mesures draconiennes contre la consanguinité, ou bien la prochaine génération de Wollanupiens n'allait être qu'une bande de mutants. Ils ont convoqué une assemblée générale où ils ont déclaré que celles et ceux surpris dans une position embarrassante avec un parent seraient sévèrement punis. Comme la correction infligée à Charlie dont tu as été témoin à ta première réunion ici. Mais ils se sont aussi engagés à ce que tout jeune ayant atteint ses vingt et un ans ait la permission de quitter Wollanup pendant six ou huit semaines pour voyager dans le pays et trouver l'âme sœur qu'il, ou elle, ramènerait à la maison.

— Ils pensaient sérieusement que tous leurs gosses allaient rester vierges jusqu'à leur vingt et un ans ?

— Ils savaient que les ados allaient se tripoter entre eux, bien sûr. Les hormones, ça ne se commande pas. Mais ils espéraient qu'avec un règlement très strict contre les relations sexuelles ils pourraient au moins empêcher les naissances consanguines. Et ils se sont dit que le problème finirait par se régler de lui-même quand les enfants seraient tous grands et commenceraient à ramener du sang neuf dans la communauté.

— Dans la catégorie « sang neuf », j'ai donc été le deuxième à être kidnappé ?

— Non, le quatrième. On ne t'a jamais présenté à Janine et Carey ? Elles sont mariées à Ron et Greg, deux fils de Robbo. Janine était caissière de supermarché à Perth, Carey travaillait dans un McDonald's à Brisbane. Les garçons les ont rencontrées pendant leurs voyages respectifs, leur ont proposé de les épouser et de venir vivre dans une bourgade minuscule au milieu du désert. Elles ont accepté et elles les ont suivis volontiers.

— Tu veux dire qu'elles n'ont pas été droguées, ni rien ?

— Pas besoin. Elles voulaient se marier, elles ont rencontré quelqu'un qui leur convenait et voilà tout. Évidemment, Janine et Carey ne sont pas exactement des flèches et ça explique en partie qu'elles se soient si bien adaptées… Mais tout le monde a été très satisfait de ces deux unions. Ils ont pensé que c'était la preuve que leur système allait marcher comme sur des roulettes, a déclaré Krystal en s'interrompant pour terminer le fond de son verre de vin. Et puis, mon tour est venu de partir chercher un homme.

Elle a soufflé la bougie, rallumé le plafonnier. L'atmosphère romantique du dîner a été rompue par le grésillement du néon en train de chauffer. Nous étions à nouveau chez moi, dans mon trou.

— Il est temps d'aller faire un petit tour, a annoncé Krystal en jetant le paquet de cigarettes et mes mégots dans son sac. Tu crois que tu vas pouvoir marcher ?

— Je vais essayer.

Dehors, la pleine lune teintait d'argent le vide accablant d'une nuit à Wollanup et nous donnait toute la lumière dont nous avions besoin.

— Ils n'ont pas encore mis le feu à la montagne, a-t-elle fait remarquer, le visage tourné vers le centre-ville d'où nous parvenaient une odeur de viande grillée et la rumeur tapageuse d'une foule occupée à se saouler. Tu ne regrettes pas de ne pas y être allé, n'est-ce pas ?

— Tu plaisantes ?

Elle m'a entraîné dans l'autre sens, sur les derniers mètres de la route qui finissait au milieu du néant, puis elle m'a pris le bras et nous sommes partis à travers la plaine rocailleuse. Après huit jours d'inactivité, mes jambes n'étaient guère assurées. Krystal m'a emmené à une petite parcelle qui avait été débarrassée de ses cailloux et de ses pierres. Au milieu, il y avait un étroit monticule de terre, long d'environ deux mètres. Une tombe.

Krystal l'a fixée un moment sans rien dire, immobile, puis elle a parlé d'une voix sourde :

— Jack. Je l'ai rencontré sur la plage, à Perth. Grand, mince, les cheveux blonds comme la paille, les dents de travers et un rire irrésistible. Il venait de terminer ses études de littérature anglaise à Sydney et se baladait dans le pays pendant un ou deux mois, en essayant de décider ce qu'il allait faire après la fac. Il se jugeait doué pour l'écriture, même s'il avouait qu'il était trop paresseux pour s'y mettre sérieusement. Un garçon qui prenait la vie du bon côté, comme on dit. Et marrant... Nous avons bien accroché. Nous avons passé trois semaines comme ça, à vivre sur la plage, et c'était tellement bien que j'en suis venue à me dire : « Ça pourrait peut-être marcher. » Alors, je lui ai raconté Wollanup. Il a eu l'air très emballé par l'aspect « communautaire » de notre vie. Il m'a dit qu'il allait me ramener là-bas en voiture puisqu'il n'avait pas d'autres plans, de toute façon, et qu'il avait toujours eu envie de connaître le vrai outback.

Elle s'est tue un instant.

— Le voyage a été un cauchemar. Trois jours dans sa Holden qui avançait comme une tortue et n'arrêtait pas de surchauffer. Dès qu'il a vu la ville, il a eu exactement la même réaction que toi : « Quel trou ! » Quarante-huit heures après, il a repris son sac et il m'a dit qu'il m'aimait vraiment beaucoup mais que la montagne d'ordures et à peu près tout Wollanup, c'était trop pour lui. Je n'ai pas discuté, même si j'aurais voulu qu'il reste… Mais il était à peine au milieu de la montée vers le plateau que mon père et les garçons se sont lancés après lui. En force. Avec leurs fusils. Ils l'ont rattrapé et lui ont barré la route. « C'est quoi, ce délire ? » a protesté Jack, et Papou a répondu : « Tu t'en vas pas. Tu restes et tu épouses ma fille. » Quand Jack l'a traité de fou, il lui a filé une baffe et lui a dit : « Elle t'a pas amené pour une tite visite, mon gars. Elle devait trouver un mari et le mari, c'est toi. » J'étais à quelques pas d'eux. Mon père a terminé sa tirade et Jack s'est tourné vers moi avec un air… Une expression que je ne pourrai jamais oublier. De la haine pure. Il a poussé mon père de côté, il a sauté dans sa voiture et il a démarré, malgré Robbo et Gus qui se sont mis à courir derrière lui. Mon père a tiré un coup de semonce, mais comme Jack ne s'arrêtait pas il a fait feu à deux reprises dans la lunette arrière. La vitre a explosé, l'auto s'est immobilisée et le klaxon s'est mis en marche, en continu. Nous nous sommes tous précipités vers la Holden. Jack était affalé sur le volant. Il lui manquait tout l'arrière du crâne.

Au loin s'est élevé un compte à rebours exécuté par des voix avinées. Cinq, quatre, trois, deux, un… Avec un grondement digne d'un volcan, la montagne d'immondices s'est embrasée, envoyant dans le ciel noir des salves orangées. On aurait dit un feu d'artifice allumé par un psychotique. Bientôt, tout Wollanup a été inondé par cette lumière brutale. Une vision infernale dans cet enfer sur terre.

— C'est pour ça que Les me donne en douce cette bonne viande et ce bon vin, a repris Krystal. Parce qu'il est rongé de remords à cause de ce qui est arrivé à Jack. Tout le monde se sent coupable, à part mon père. Il m'a dit : « Il fallait qu'il meure. S'il s'était tiré, il aurait parlé de nous à la police et ç'aurait été la fin de Wollanup. » La mort de Jack ne l'a pas empêché d'envoyer Angie se chercher un mari au nord. Sauf qu'au lieu de trouver un péquenot abruti qui se serait senti chez lui à Wollanup, comme tout le monde le lui avait recommandé, elle est revenue avec toi. Et le matin où je t'ai vu émerger du poulailler, je… j'ai compris que mon devoir était de t'aider à te tirer d'ici. Et c'est ce que je suis résolue à faire.

Je l'ai dévisagée avec circonspection.

— Tu… tu as un plan ?

— Oui, j'en ai un.

— Et tu peux… me le dire ?

— Plus tard, Nick. Plus tard.

Nous avons regardé à nouveau le brasier.

— Un feu d'enfer, ai-je commenté.

— D'enfer, oui.

— Krystal ?

— Oui ?

— Tu m'as déjà dit la numéro deux, mais quelle est la règle numéro un de la vie dans l'outback ?

— Ne jamais prendre la route après la tombée de la nuit. Tu risques de te farcir un kangou.

— C'est un excellent conseil.

TROISIÈME PARTIE

1

— Explique-moi comment ça marche, un rupteur,
m'a-t-elle demandé.

— C'est une pièce en bakélite montée sur une
platine et reliée à quatre câbles, qui se trouve dans
le delco. Quand on met le contact, le rupteur coupe
périodiquement le courant primaire en tournant sur lui-
même, ce qui crée un courant secondaire permettant
d'allumer et d'alimenter les bougies. Sans ce petit
machin, on ne peut pas démarrer un moteur. C'est
impossible.

— Et tu serais capable d'en remonter un ?

— Je n'ai jamais essayé.

— Eh bien, c'est le moment.

Dans tout le bled, il n'y avait que trois véhicules en
état de marche : le camion frigorifique des Viandes
Wollanup, la camionnette dont Les se servait pour
ses allers-retours en ravitaillement et la bétaillère qui
charriait chaque jour en ville sa livraison de kangourous
dézingués. D'après Krystal, ils étaient tous trois
enfermés à double tour dans un entrepôt derrière l'abattoir, et leurs chauffeurs démontaient le rupteur quand ils
ne s'en servaient pas, et le remettaient à Les qui les gardait au frais dans son coffre-fort, une précaution

destinée à empêcher toute tentative d'évasion. Quoi qu'il en soit, celui qui aurait réussi à démarrer l'un de ces trois bahuts en pleine nuit ne pourrait pas aller bien loin, puisque Wollanup était placé sous surveillance nocturne, un tour de garde assuré secrètement par les fils de Les et ceux de Robbo : à partir d'un poste de guet installé sur le toit du pub, ils surveillaient les artères de la ville jusqu'au matin, repérant ainsi le moindre déplacement suspect après l'heure de fermeture du pub. C'était une mission très prisée, car elle leur rapportait six crédoches supplémentaires par vacation.

— Pendant tout le temps que tu travaillais sur ton minibus, ils ont été en état d'alerte maximum, m'a expliqué Krystal, au cas où tu chercherais à prendre la poudre d'escampette. En fait, ils ont été déçus que tu n'aies rien tenté.

— Je savais que je n'aurais pas eu une chance. C'est impossible de monter jusqu'au plateau en voiture sans se faire repérer.

— Tu sais te servir de ta tête, c'est sûr…

Comme moi, elle avait calculé le temps qu'il fallait à différents véhicules pour négocier la longue et pénible montée à la sortie de la ville. La camionnette de Les était la plus rapide, parce qu'elle avait quatre roues motrices : environ quarante-sept minutes pour atteindre les hauteurs. Le camion frigorifique et la bétaillère à kangourous, qui étaient plus lourds et devaient avancer avec prudence sur cette piste criblée d'ornières où il était facile de casser un essieu, avaient besoin de plus d'une heure pour accomplir l'ascension en se traînant à moins de trente kilomètres-heure. Et la bétaillère, un vieux machin de vingt ans, tombait en panne là-haut au moins deux fois par an, obligeant

Tom et Rock à redescendre au bourg à pied en laissant leur chasse de la journée mariner sur la plateforme.

— Quand le tombereau à kangous reste en carafe sur le plateau, les garçons enlèvent le rupteur à chaque fois, m'a assuré Krystal. Je le sais parce que je les ai vus venir au magasin pour remettre la pièce à Les. Et Papa ne monte jamais réparer avant l'aube du jour suivant, à cause de la chaleur. À près de dix heures du matin, là-haut, il n'y a nulle part où se mettre à l'ombre.

— Et il n'y va jamais après le crépuscule ?

— Il fait trop sombre pour travailler, même avec des torches.

— Je crois que je commence à voir où tu veux en venir.

— C'est ce que je disais : tu sais te servir de ta tête.

Son plan était audacieux. Très audacieux même. Je devais fabriquer un rupteur à l'insu de tous. Ensuite, nous attendrions que la bétaillère tombe à nouveau en panne sur le plateau ; dès que cela se produirait, nous nous esquiverions de la maison environ une heure après la fermeture du pub à onze heures du soir, nous nous faufilerions le long des bâtiments pour échapper aux veilleurs de nuit postés sur le toit et nous gagnerions les hauteurs à pied.

— En trois heures, nous devrions être parvenus là-haut, a-t-elle estimé.

— Compte quatre, plutôt.

— Tu manques d'exercice à ce point ?

— Eh oui !

— OK, mollasson, je te donne une heure de plus. Ce qui signifie que nous devrions atteindre la bétaillère vers quatre heures et quart, quatre heures et demie au plus tard. Combien de temps te faudra-t-il pour le démarrer, d'après toi ?

— Ça dépend de la cause de la panne.

— D'après ce que j'ai compris, c'est un pépin sans gravité, en général : la courroie du ventilo qui casse, ou un court-circuit dans l'alternateur…

— Disons alors une bonne heure de boulot. D'autant plus que je devrai monter le rupteur de rechange.

— Ce qui nous amène à cinq heures et demie. À ce moment, Papa sera à mi-côte dans la camionnette de Les. Donc, nous n'aurons qu'une quinzaine de minutes d'avance sur lui, en admettant que nous arrivions à démarrer. C'est beaucoup trop juste.

J'ai tiré pensivement sur ma Marlboro.

— Et en supposant que Papou soit malade, ce matin-là ? Tellement mal fichu qu'il serait incapable de prendre la route ?

— Vas-y, raconte-moi à quoi tu penses…

Nous n'avons pas été en mesure de continuer cette conversation très longtemps car le barbecue tirait à sa fin, et les braves gens de Wollanup, ronds comme des queues de pelle, regagnaient leur domicile sur des jambes flageolantes. Tout en jetant dans son sac le reste des Marlboro et le contenu du cendrier ainsi qu'elle l'avait fait précédemment, Krystal s'est hâtée de me donner ses dernières instructions :

— Continue à faire le malade pendant encore quelques jours. Ensuite, tu reprends le travail au garage mais tu gardes ta mine tristoune, pour que tout le monde croie que tu t'es finalement résigné à ton sort. Tu te remets à retaper ton minibus et en même temps tu inspectes le tas de saletés que Papa garde autour de sa cabane. Après la mort de Jack, il a entièrement démonté sa Holden, je suis sûre que le démarreur doit être quelque part dans son fatras. Si j'ai raison, on est prêts au départ.

— Seulement si le rupteur est réparable et si je peux l'adapter à la bétaillère, ai-je nuancé.

— Ça devrait aller. C'est une Holden, aussi.

— Une chance sur cent, je dirais.

— Oui, mais c'est la seule qu'on ait.

Quelques minutes plus tard, Angie a fait irruption, manquant s'étaler par terre. Devant l'évier, Krystal s'essuyait les mains après avoir lavé nos assiettes et j'avais repris ma position fœtale sur le lit.

— Alors, vous deux, vous avez bien tiré, ce soir ? s'est enquise Angie en lâchant un rot interminable.

L'instant d'après, elle s'est effondrée sur le lit. Krystal a crié dans son oreille à quelques reprises sans obtenir de réaction. Sa sœur était complètement pétée. J'ai fait mine d'ouvrir la bouche, mais ma complice a posé un doigt sur la sienne pour me rappeler que je devais continuer à faire le secoué encore quelques jours. Après m'avoir adressé un bref au revoir, elle s'est glissée dehors.

Les yeux sur la forme avachie près de moi qui ronflait comme un grizzly en pleine hibernation, je me suis répété en boucle : « Tu vas trouver ce rupteur. Tu *dois* le trouver ! »

Quatre jours plus tard, j'étais de retour au garage. J'en avais soupé, de passer mon temps au lit, le regard perdu dans le vide, forcé d'écouter Angie massacrer « I Want To Be In America » pendant que la bande-son de *West Side Story* menaçait de faire exploser le haut-parleur pour la centième fois. Le premier matin, je me suis enfermé dans la cahute après un signe de tête sommaire à Papou et j'ai entrepris l'inspection des débris de mon minibus. Une vingtaine de minutes après, le gorille a ouvert la porte et, resté sur le seuil, m'a contemplé un moment tandis que je cherchais des pièces manquantes à quatre pattes sur le sol.

— Alors, Yankee-p'tit-kiki, on a fini de jouer les brindezingues ?

J'ai continué à m'activer, les yeux obstinément baissés. Irrité par mon silence, il a voulu rouler les mécaniques :

— J'attends de voir cette caisse comme neuve, pigé ?

J'ai tourné vers lui un regard aussi inexpressif que possible.

— Oui, ai-je confirmé d'une voix que j'espérais n'être pas plus qu'un chuchotement spectral, puis j'ai repris ma recherche obstinée.

— Putain d'siphonné, l'ai-je entendu marmonner dans sa barbe avant de repartir.

Je me suis tenu à ce comportement de Martien à la maison comme au travail, ne communiquant avec mon épouse et mon employeur que par monosyllabes – « oui », « non » et « OK » constituaient tout mon vocabulaire –, ne les regardant jamais dans les yeux, mais au-delà, comme si j'étais en quête de quelque planète lointaine. Mais j'ai recommencé à m'alimenter normalement, à fumer et à me servir de mes crédoches en bière au grand dam d'Angie, qui s'était plus que faite à l'idée de boire double ration. Au pub, cependant, je ne bavardais avec personne ; juché sur mon tabouret, je gardais la tête baissée sur mon verre, un mégot fumant au coin de la bouche. Si d'autres consommateurs tentaient d'engager la conversation, je leur répondais par un sourire effrayé avant de me replonger dans ma contemplation silencieuse.

J'espérais, grâce à cette mise en scène, parvenir à déclencher un complexe de culpabilité collective devant la dégradation de ma santé mentale. Je voulais que les bonnes gens de Wollanup soient convaincues que j'étais désormais un homme brisé, arrivé à un tel état de délabrement psychologique que la seule idée de s'enfuir aurait été inconcevable. Mon but était également qu'ils tiennent rigueur à Papou de la dureté de sa conduite à mon encontre.

J'ai su que cette campagne d'intoxication portait ses fruits lorsque Gladys, contre toute attente, s'en est violemment prise à son mari un soir, à cause de moi. J'étais sur mon tabouret habituel quand mes beaux-parents sont entrés dans le pub pour prendre un verre. Loin de les saluer, j'ai conservé l'expression hébétée qui était devenue ma signature.

— Tu t'fais une bière avec nous, l'Américain ? m'a demandé Gladys avec une inquiétude toute maternelle dans la voix.

— Bah ! Merci ! Non ! ai-je croassé avec un sourire d'illuminé avant de filer aux toilettes tout en balbutiant pour mon compte personnel.

Alors que je m'étais éloigné d'à peine quelques mètres, elle a lâché la bride à son indignation, accablant Papou de ses sarcasmes :

— Alors, fier de toi, grand chef ? Content du résultat ?

— Pas ma faute s'il tient pas dans ses loques.

— Non, bien sûr ! Tout le monde te blâme pour ça, mais c'est « pas ta faute » ! Tout le monde, t'entends ? Même ta Princesse adorée. Ah, t'aurais dû être là quand elle est venue à la maison, tantôt... Et de soupirer, et de braire, et de dire que l'Amerloque commençait juste à se sentir à son goût ici quand tu lui as saccagé son bahut, et qu'il avait travaillé au poil mais que t'as tout pété parce que t'es un mécano à la gomme et que tu supportes pas de voir quelqu'un qui bosse mieux que toi, et qu'elle est en train de péter les boulons, à cohabiter avec un zombie... un zombie que t'as créé, toi !

Même planqué dans la pissotière, j'ai été en mesure de capter l'embarras dans la voix de Papou :

— Elle est quand même pas fâchée contre moi, dis ?

— T'es qu'un putain d'cochon ! a rugi Gladys.

En me voyant fureter le lendemain matin dans ses tas de pièces détachées qu'il défendait habituellement avec une férocité canine, il ne m'a pas crié de dégager comme il ne s'en était pas privé d'autres fois.

— Tu... Tu cherches que'que chose ? m'a-t-il interrogé avec une hésitation presque timide.

— Pièces ! ai-je aboyé avec une force qui l'a fait sursauter.

— Pour ton minibus ?

— Ouais ! Bus ! OK ?

— J'imagine que oui, c'est OK, a-t-il concédé à contrecœur. Mais fous pas le bordel là-dedans, d'ac ?

Excellente, celle-là ! Le terrain vague de Papou était un gigantesque boxon, une ou deux tonnes de vieux métal éparpillées sur un quart d'hectare. Déterrer un rupteur Holden de cet amas de saletés paraissait un pari impossible, d'autant que je m'attendais à ce que Papou tolère de me voir fouiller son cher trésor de guerre pendant trois jours, au plus. Ma seule chance était de repérer le bloc-moteur de la voiture de Jack au milieu du fatras et de prier le ciel pour que le rupteur soit encore dessus. Pendant plus d'une heure, j'ai tourné autour des amoncellements de ferraille en essayant d'apercevoir un élément encourageant. Bredouille, j'ai dû me résigner à plonger dans ce capharnaüm et à trier les pièces une par une.

Cinq heures plus tard, j'avais exhumé trois portières de voiture, une colonne de direction tordue, un réservoir éventré, quelques briques, des dizaines de rivets rouillés, huit longueurs de tube de cuivre, un battant de boîte à gants, un siège conducteur qui avait perdu son rembourrage, un phare, un grille-pain, trois bobines d'induction hors d'usage et une série de courroies de ventilateur effilochées. Pas de bloc-moteur. Mes bras et mon dos me faisaient un mal de chien, tandis que le soleil avait transformé ma cervelle en ratatouille. Après m'être aspergé le crâne avec le tuyau d'arrosage pendant quelques minutes, je me suis réfugié au pub.

Deux bières ont émoussé ma frustration d'avoir perdu tout ce temps pour rien. Alors que je commandais ma troisième pinte, Gus est entré et s'est hissé sur le tabouret à côté du mien.

— Comment va l'as de la mécanique ? a-t-il demandé, très amène.

— Ouais ? Bien ! Hé !

J'étais devenu un idiot du village très convaincant.

— J'crois qu'on devrait causer un brin, toi et moi, a insisté Gus. Sur le plan médical. Tu pourrais venir chez moi à l'instant ?

— D'abord ! Bière ! ai-je claironné en me jetant sur mon verre, que j'ai englouti en me versant la moitié du contenu le long du menton. Miam ! Bon !

Gêné, Gus s'est trémoussé sur son siège.

— OK, on y va ?

— Où ? Docteur ?

— Exactement. On va jouer au docteur.

Sa maison était à pleine plus grande que la nôtre. Il y avait une chambre d'enfants en plus, avec sept matelas abandonnés par terre, deux hamacs tendus à travers le salon, des posters déteints de Janis Joplin, de Jimi Hendrix ou du Grateful Dead, une grande table en bois brut – le théâtre de ses exploits chirurgicaux, me suis-je souvenu – et un minuscule placard qui faisait fonction de dispensaire municipal. Après m'avoir fait signe de prendre place sur l'une des deux poires, Gus a ouvert un petit frigo et s'est mis à fourrager parmi les ampoules de vaccin et les flacons de comprimés jusqu'à en extraire miraculeusement deux canettes.

— Tiens, une aut' biérette, m'a-t-il proposé.

— Miam ! Bon !

— Euh, tu sais, Nicko… On s'fait tous du mouron pour toi, mon gars.

— Sympa !

— Non, c'est pas *sympa*, personne veut te voir si mal en point. Est-ce que tu dors, seulement ?

— Dors ?

— Tu dors pas du tout ?

— Pas besoin !

— Au contraire, il te faut plein de sommeil. Tu seras tout de suite plus cool. L'insomnie, ça doit être au moins la moitié de tes problèmes. Tu te sens déprimé, aussi ?

J'ai haussé les épaules, mais quand j'ai relevé les yeux sur lui ils étaient mouillés de larmes.

— Ah, voilà ! On commence à y voir plus clair, mon poteau. Alors j'vais te prescrire des pastilles qui vont t'aider à pioncer la nuit et à te donner la pêche la journée. Ça s'appelle du Valium, et tu vas planer comme il faut avec. Et puis je veux que tu t'envoies deux Halcion avec une canette avant de te mettre au pieu la nuit, pour que t'aies rien que des beaux rêves. Suis mon traitement et je te garantis qu'en une semaine tu seras de retour à la normale. « Trop » normal, que tu vas être !

L'ayant remercié du même ton hésitant qui était désormais le mien, je suis rentré chez moi avec les cachets, que j'ai aussitôt dissimulés dans une cachette que j'avais aménagée derrière la cuvette des W-C.

Le lendemain matin, en partant travailler, j'ai croisé Krystal sur la route. Nous nous sommes dit brièvement bonjour et, alors qu'elle passait près de moi, je lui ai chuchoté : « J'ai les comprimés ! » Elle a accueilli la nouvelle avec un bref sourire mais n'a pas ralenti le pas. Depuis le soir du barbecue-feu d'ordures, nous ne nous étions presque pas parlé, estimant que des contacts réguliers éveilleraient les soupçons de Papou et compagnie. Tout en gardant nos distances, nous communiquions ainsi chaque matin, par un murmure ou un signe. Et c'est ainsi que les deux jours suivants, la croisant à l'aube, j'ai fait suivre mon « Hello ! » d'un rapide « non » de la tête : ma chasse au rupteur était restée infructueuse.

Le lendemain, alors que je fouillais sous quatre matelas déchiquetés et une pile de vieux moules à tarte, je me suis redressé et mon regard est tombé sur Tom et Rock en train de descendre la dernière colline avant le village. Au-dessus de leur tête, sur le plateau désolé, la silhouette de la bétaillère se découpait, immobile. En panne.

J'ai été pris de frénésie. Il me restait une heure avant qu'ils ne parviennent au garage, ai-je évalué. Je l'ai consacrée à des recherches précipitées dans les tas de débris. Sans succès, même si j'ai localisé le pare-brise de la Holden, sa banquette arrière et l'une des roues. Le précieux bloc-moteur, par contre, restait introuvable. Le cœur serré, j'ai entendu leurs pas se rapprocher, puis Rock qui criait : « Hé, Papou, la bétaillère est encore naze ! »

En passant près de Krystal sur la route, le lendemain matin, je n'ai soufflé qu'un mot : « Désolé. » Elle a eu un geste fataliste et elle a levé les yeux sur le plateau, où la bétaillère était à nouveau en mouvement. Une heure après, je me débattais avec trois rouleaux de grillage à poules quand Papou est revenu au volant de la camionnette de Les.

— Ces p'tits cons ! a-t-il pesté en sautant à terre. Tu sais c'était quoi, l'lézard ? Moteur noyé, deux bougies encrassées. Ils m'ont fait monter là-haut pour que dalle !

— Tourne ? Maintenant ?

— Ouais, mais une tite révision lui f'rait pas d'mal. Ils vont l'amener ici sitôt qu'ils auront déchargé leurs kangous.

— Je peux ? Aider ?

— Nan ! Cette vieille bétaillère, c'est mon quinquin ! Toi, tu finis de chercher tes pièces. Tu devrais avoir trouvé tout ce qu'il t'fallait, non ?

— Presque.

— Bon, à partir de demain, j'veux te voir sorti de ma réserve, de retour dans la cahute et occupé à remonter ton bahut. Assez farfouillé !

Je suis retourné au tas de saletés, j'ai écarté d'autres rouleaux de grillage et j'allais saisir un écheveau de vieux câbles lorsqu'un craquement sinistre a retenti sous ma semelle. J'avais marché sur une sorte de tasse en plastique noire. Le rupteur. Maintenant en deux morceaux.

J'ai eu envie de hurler, de m'arracher les cheveux, de tuer quelqu'un. Après l'avoir ramassé, j'ai constaté, soulagé, que les vis platinées avaient été protégées par le dôme en plastique. Un peu tordues, mais sans gravité. Vérifiant que Papou ne regardait pas dans ma direction, j'ai fait disparaître la pièce dans la poche de mon short et remis la coupelle cassée parmi la ferraille. Ensuite, je me suis approché de mon patron, à moitié enfoui sous le capot du camion. En examinant le bloc-moteur qu'il était en train de tripoter, j'ai été saisi par une émotion proche de l'euphorie : le boîtier du delco était le même que celui que je venais de casser.

— Mauvais ?

— Il lui faut des bougies neuves, des gicleurs neufs, le filtre à huile et le câble d'embrayage sont à changer aussi, et une autre courroie de ventilo. Mais quand j'aurai fini, elle aura plus un pet de travers pour des mois. Un an, p'têt bien.

— Super, ai-je marmonné sans conviction.

Je suis allé au pub, où j'ai bu jusqu'à approcher du coma. Rentré à la maison dans un état lamentable, je me suis tout de même rappelé que je devais cacher le rupteur derrière la cuvette. Avant de m'effondrer.

Le lendemain, je ne me suis pas réveillé à temps pour croiser Krystal sur la route mais je me suis arrangé pour passer près d'elle au moment où elle quittait l'école vers midi.

— Je l'ai trouvé, ai-je annoncé tout bas.

Elle a pilé net.

— Tu plaisantes ?

— Non.

— Et donc ?

— Ça devrait marcher.

Un sourire est monté lentement sur ses lèvres.

— Et maintenant, on fait quoi ? ai-je murmuré.

— On attend.

2

Papou était peut-être un mécano à la gomme, mais la bétaillère n'a plus eu un seul pépin au cours des quatre mois suivants.

Tous les matins, pendant les dix minutes de marche entre notre bicoque et le garage, mon regard se portait sur la route qui grimpait au plateau, m'attendant à voir Tom et Rock la descendre en bottant les cailloux et en maudissant leur outil de travail pour avoir encore « cafouillé », tandis que dans le secret de mon cœur je me réjouirais de savoir que ce serait ma dernière journée à Wollanup. Tous les matins, pourtant, le damné camion faisait l'aller-retour sans anicroche, et il fallait attendre le jour suivant, et celui d'après, et ainsi de suite.

Quatre mois. Le tiers d'une année. Du temps qui passait, beaucoup de temps. Et qu'en faisais-je ? Je buvais de la bière. Je regardais le ventre de ma femme s'enfler d'une nouvelle vie. Je lisais et relisais les trente-cinq volumes qui constituaient toute la bibliothèque de Wollanup, y compris une étude intitulée *Méthodes d'abattage moderne des animaux de boucherie*, ce qui prouvait le degré de désespoir que j'avais atteint. Peu à peu, cependant, je suis revenu à un comportement légèrement moins lunatique, au point d'accepter des conversations relativement normales, et je voyais Gus se vanter à la moindre occasion devant ses concitoyens d'avoir été capable de m'extraire de ma dépression. Et j'œuvrais à la renaissance de mon minibus, à vrai dire sans la passion de jadis, car je savais qu'il serait à nouveau bousillé dès que j'aurais achevé le travail. Ensuite, je buvais de la bière. Et j'attendais.

Quatre mois. Durant ma vie antérieure aux États-Unis, j'avais gaspillé ma vie en connaissance de cause, ruiné près de vingt années pour des boulots merdiques qui m'avaient conduit dans des endroits impossibles. J'avais prétendu ignorer que le temps passait toujours plus vite, gâchant au contraire le mien avec une obstination qui me permettait d'échapper aux obsessions qui gouvernent habituellement la vie humaine : l'ambition, le sens de la famille, la pulsion de vouloir à tout prix « construire un couple », « se faire une existence ». Contrairement à tant de mes contemporains, je n'avais rien voulu bâtir, j'avais gardé profil bas. J'avais bu mes bières, sauté les rares filles qui avaient bien voulu de moi, laissé le temps filer.

Mais là, pris au piège d'un train-train encore plus dérisoire, j'en étais venu à apprécier la valeur inestimable du temps et son inquiétante propension à s'échapper. Je comprenais aussi en partie pourquoi j'avais perdu toute volonté après que Papou avait dépecé mon minibus : j'avais consacré du temps à créer quelque chose, pour une fois, et j'avais vu le résultat détruit pratiquement sous mes yeux.

Quatre mois. Est-ce que le travail n'est pas, par définition, une façon de meubler ses journées, de tuer le temps ? Mais aujourd'hui, en quatre mois, j'aurais pu faire tant de choses...

— Elle va bientôt retomber en panne, cette bétaillère, a prédit Krystal alors que nous avions déjà passé près de sept semaines à guetter ce moment.

C'était la soirée d'anniversaire de Sam, on fêtait ses vingt et un ans, et comme on me jugeait pas encore capable de me surveiller tout seul, Angie avait demandé à sa sœur de venir faire la baby-sitter pendant qu'elle irait s'abîmer le cerveau à la bière. À nouveau, Krystal avait apporté un petit festin dans son sac : des blancs de poulet, un cœur de laitue, des pommes de terre nouvelles, une bouteille de chardonnay et un quart de cognac français bon marché. Avant de passer à la dégustation, nous avons parlé « business », récapitulant chaque détail de notre projet, nous bombardant réciproquement de questions. C'était la première fois que nous pouvions parler librement depuis deux mois et quelques et, à l'instar de deux conspirateurs qui n'ont qu'un temps limité pour faire le point, nous avons fiévreusement supputé nos chances de réussite.

Enfin, la lumière a été éteinte, une bougie a été posée sur la table et le disque de Mozart s'est mis à tourner sur la platine. Tout ce bon vin et ces mets de choix nous ayant mis en joie, et même le mauvais cognac, nous avons ri bêtement aux plaisanteries que nous échangions. Puis Krystal a sorti de sa poche un paquet de cigarettes anglaises, m'expliquant que Les n'avait pas pu trouver de Marlboro. Lorsque j'en ai allumé une à la bougie, la flamme vacillante a fait briller ses grands yeux tristes et j'ai senti que j'étais sous le charme.

— Tu aimes encore Jack ? lui ai-je soudain demandé, l'alcool me déliant la langue.

— Je n'ai jamais aimé Jack.

— Non ?

— Je l'aimais « bien », c'est vrai, mais notre relation n'a pas été plus loin. Manque de temps.

— Ah…

Le silence s'est installé un moment entre nous. Krystal a pris une de mes mains dans les siennes, l'a portée contre sa joue et a murmuré :

— Merci de m'avoir posé cette question.

Nous nous sommes tus, à nouveau, sans éprouver le besoin de rajouter des paroles inutiles. La quiétude a été troublée par les fêtards au-dehors. La soirée en l'honneur de Sam s'achevait, dispersant son chapelet habituel d'ivrognes le long de la route.

— Les assiettes, a chuchoté Krystal.

Nous avons débarrassé la table en deux secondes. Alors que je posais les couverts dans l'évier, elle m'a enlacé et m'a donné un furieux baiser sur la bouche. Peu après, elle avait quitté la maison.

Nous avons renoué avec notre routine de signes de tête échangés devant l'école, attendant le jour où cette damnée bétaillère tomberait en carafe et nous permettrait de cesser de feindre l'indifférence. Une fois libres sur le plateau.

Neuf semaines ont passé. L'ennui m'accablait tellement que je traînais au lit jusqu'à huit heures chaque matin avant de faire une brève apparition au garage et de perdre le reste de la journée au pub. C'est pour cette raison que j'ai été totalement pris par surprise un mercredi matin quand, débarquant au garage vers dix heures, j'ai aperçu Tom et Rock assis sur un banc. Couverts de poussière de la route, ils avaient l'air singulièrement en rogne.

— Qu'est-ce que vous faites là ? me suis-je enquis.

213

— La putain de courroie d'ventilation, a pesté Rock. Elle a lâché juste quand on commençait à charger. Doit y avoir vingt kangous clamsés sur la plate-forme…

J'ai eu du mal à dissimuler mon enthousiasme et ma nervosité. Le moment était venu.

— J'irai vous dépanner demain matin, a observé Papou. Les kangous auront pas bougé, va.

— Tu sais ce que c'est, d'trimbaler un macchab de kangou quand il est resté toute la journée au soleil ? a protesté Tom. Un boulot de merde !

— Vous me fendez le cœur, les gars, a persiflé Papou. Allez vous prendre une biérette et cessez de chouiner.

Réfugié dans la cahute, derrière les portes fermées, j'ai essayé de retrouver mon calme en m'occupant à redresser au marteau une aile du Volkswagen toute cabossée par mon patron. Après quelques minutes, celui-ci a passé la tête à l'intérieur.

— Quoi qu'tu fais ?

— De la carrosserie.

— On va au pub. Tu viens ?

— Vaut mieux que je continue ici.

— Demain, j'veux te voir te pointer à une heure décente. Ces histoires de démarrer ta journée à dix plombes, c'est fini, pigé ?

— Je mettrai le réveil.

Dès qu'ils m'ont laissé le champ libre, j'ai abandonné l'aile du minibus pour me pencher sur le bloc-moteur. Démonter la courroie du ventilateur et la remettre en place m'a pris quinze minutes, montre en main. Pas mal. Si j'en ajoutais dix pour le delco, nous devions pouvoir démarrer moins d'une demi-heure après avoir atteint la bétaillère.

J'ai une nouvelle fois démonté la courroie avec un soin infini tant je craignais de la déchirer, et je l'ai rangée avec quelques outils essentiels dans la musette que j'apportais au travail chaque jour. J'aurais voulu courir prévenir Krystal, lui annoncer que nous avions enfin le feu vert, mais je me suis forcé à m'asseoir, à griller une clope et à patienter sur place au cas où Papou aurait trouvé étrange que j'aie déjà quitté le garage après lui avoir dit que je voulais travailler sérieusement, ce jour-là.

J'ai fumé frénétiquement trois roulées dans l'espoir que le tabac agisse sur mes nerfs tendus à se rompre. Quand je me suis jugé capable d'avoir un comportement qui n'attirerait aucun soupçon, je me suis levé pour me rendre à l'école. Marcher tranquillement, surtout, même si j'aurais voulu courir à toutes jambes. Effacer ce rictus d'appréhension qui me crispait les traits. Personne ne sait. Personne n'est au courant, sauf Krystal.

— Bonjour, ai-je négligemment lancé en entrant dans la salle de classe où les gamins étaient en train de ranger leurs cahiers, leur journée de cours achevée.

— Salut, a-t-elle répondu avec un sourire tendu.

— Tu as le livre que tu devais me prêter ? *Le Conte des deux cités*, tu sais ?

Elle a écarquillé les yeux, s'est ressaisie pour me donner la réplique :

— Zut ! Je l'ai oublié à la maison. Demain ?

— Demain. Entendu.

Une fois achevée cette conversation codée, j'ai tourné les talons et je suis rentré à toute vitesse chez moi, car je voyais que l'usine à viande était en train de se vider de ses employés et qu'Angie ne tarderait pas à rejoindre ses pénates, elle aussi. Profitant de mes quelques minutes d'avance, j'ai dissimulé ma musette dans la cachette et sorti les flacons de Valium et d'Halcion. J'ai réduit en poudre les dix comprimés que chacun contenait, je les ai mélangés, j'ai versé la moitié de la poudre dans l'un des flacons et le reste dans une salière que j'avais volée au pub, puis j'ai tout remis dans la cavité derrière la cuvette.

Angie est arrivée quelques secondes plus tard. Nous avons bavardé comme un couple parmi tant d'autres :

— La journée s'est bien passée au bureau, chérie ? lui ai-je demandé.

— Pas assez de kangous, vu qu'le camion est en panne. Et y avait un zigue. (Elle avait la fâcheuse coutume d'appeler les cadavres de kangourous des « zigues ».). Vain nom, jamais vu une masse d'intestins pareille, m'a fallu une plombe pour le vider !

Le bavardage conjugal en est resté là. Nous avons fait une sieste. Au réveil, elle a tenu à ce que nous copulions. Elle était sur moi et chacun de ses coups de reins projetait notre futur enfant contre mon estomac. C'était le legs que j'allais laisser à Wollanup, un demi-Yankee conçu dans un moment de rare stupidité, un gosse que je ne verrais jamais et auquel je penserais chaque jour jusqu'à la fin de ma vie.

— C'est moi qui fais la cuisine, ce soir, ai-je annoncé quand ç'a été terminé.

— Qu'est-ce que tu vas me mijoter ?

— Hamburgers de kangourou.

— Génial ! Veille que le mien soit bien-bien cuit. Et je l'aime bien assaisonné.

— Ce sera fait.

Son hamburger lui a été préparé comme elle l'avait désiré, abondamment relevé de poudre de somnifères et de calmants, prélevée du flacon que j'avais sorti en allant pisser et dont je m'étais servi pendant qu'Angie prenait une douche. Voulant être certain qu'elle dormirait comme une souche, j'en avais aussi jeté deux pincées dans le verre de bière que je lui ai offert lorsqu'elle est sortie de la salle d'eau.

Le mélange Valium-Halcion n'avait aucun goût suspect, apparemment, puisqu'elle a sifflé sa bibine d'un trait et m'a ensuite fait des compliments pour son hamburger. Je m'étais arrangé pour retarder le dîner jusqu'à neuf heures – un souper tardif, selon les critères de Wollanup – et j'avais veillé à ce qu'elle ait toujours un verre plein devant elle. À dix heures, elle avait abandonné sa tête sur son bras et respirait comme une patiente après une sérieuse anesthésie. Bien joué. Je l'ai portée au lit, l'ai bordée et j'ai filé au pub après un détour par les toilettes.

Papou s'est étonné de me voir franchir les portes battantes.

— T'es encore debout, l'Américanoïde ?

— Je n'arrivais pas à dormir.

— Ah ? Des cauchemars, peut-être ? a-t-il demandé, sarcastique.

— Oui. Tout le temps.

Il n'y avait pas foule, ce soir-là. Juste Papou, Tom, Rock et Pete, dont le visage grêlé et les cheveux raides étaient encore mouchetés de sang de kangourou. Il correspondait parfaitement à l'image du péquenot dégénéré qui n'aime rien de plus que de troncher sa cousine dans le poulailler, ce Pete, et sa présence au bar à une telle heure ne pouvait avoir qu'une seule explication : c'est lui qui allait monter la garde, cette nuit. Il méritait donc amplement que je lui offre un verre.

— C'est ma tournée, ai-je annoncé au quatuor. Qui a une petite soif ?

Ils se sont tournés d'un bloc vers Les pour réclamer une bière à mes frais. J'en ai profité pour tirer prestement la salière trafiquée de ma poche et la poser à côté d'une autre identique sur le comptoir.

— C'est sympa, l'Amerloque, a dit Rock.

— Ouais, merci beaucoup, a marmonné Pete.

Quand Les a posé ma bière devant moi, j'ai pris la salière non trafiquée et je l'ai agitée au-dessus de mon verre.

— Qu'est-ce qu't'u fabriques là ? s'est écrié Pete.

— Un vieux truc qu'on a, en Amérique. Pour bien faire mousser ta pinte. Tu veux essayer ?

Je lui ai envoyé celle remplie de poudre le long du bar. À mon grand soulagement, non seulement le cher Pete est tombé dans le panneau mais le mélange de tranquillisants a réellement épaissi la collerette de son verre, non sans que je l'encourage à « bien le saler ». À leur tour, Tom et Rock ont essayé le « vieux truc américain », mais quand la salière est enfin arrivée en face de Papou celui-ci a grommelé :

— J'mets pas d'putain de sel dans ma bière, moi !

Attention, terrain miné.

— Ça lui fait rien de mal, pas vrai, les gars ? ai-je pris les autres à témoin, déclenchant un concert de grognements approbateurs. C'est seulement pour la mousse.

— Moi, j'l'aime plate, a tranché Papou en sifflant sa pinte. Et j'ai pas besoin qu'un Yankee d'mes deux m'explique comment j'dois boire.

Rentré à la maison une demi-heure plus tard, je ne cessais de me répéter : « C'est foutu. » Mais je n'avais plus le temps de déplorer cette contrariété. Et puis, au moins, Pete avait mordu à l'hameçon, et il devait déjà être en train de roupiller à son poste d'observation sur le toit du pub.

J'ai consulté ma montre. Il fallait y aller. Dernier arrêt aux chiottes, où j'ai vidé mon coffre-fort improvisé. Dans la musette, j'ai ajouté aux outils, au rupteur, à la courroie et à mon passeport, la torche électrique d'Angie ainsi qu'un short et un tee-shirt de rechange que j'avais laissés en boule sur une chaise la veille. Je me suis aussi emparé d'un livre que j'avais apporté d'Amérique et qui avait voyagé avec moi avant qu'Angie ne le sorte du minibus et ne le range à la maison. Heureusement qu'elle détestait les romans policiers, car si elle avait été tentée de feuilleter *Les ennuis, c'est mon problème*, mon édition Penguin de l'œuvre magistrale de Raymond Chandler, elle aurait découvert que j'avais dissimulé entre ses pages ma carte Visa, le reçu de mes chèques de voyage American Express et mon billet d'avion de retour.

La sacoche en bandoulière, je suis allé à la tête du lit. J'ai frappé dans mes mains à deux reprises, hurlé « Angie ! » dans son oreille. Rien. Avec la dose que je lui avais administrée, elle resterait dans le coma jusqu'à ce que la matinée soit presque achevée. Et là…

J'ai essayé d'imaginer comment elle réagirait à ma disparition. Éprouverait-elle de la rage ? De la haine, surtout quand elle apprendrait que Krystal s'était enfuie avec moi ? Un peu de tristesse, peut-être ? Non de m'avoir perdu, moi, mais de se retrouver sans l'idiot du foyer, le tas sur le lit à côté d'elle, le compagnon qui, pour le meilleur et pour le pire, avait partagé ses nuits, l'avait accueillie après le boulot et lui avait permis de croire qu'elle n'était pas seule au monde.

Une part de moi aurait voulu lui déposer un baiser d'adieu sur la joue, une autre était tentée de lui fracasser le crâne avec une chaise. Pour finir, je me suis contenté de secouer la tête en silence, sidéré par l'immense absurdité de toute cette histoire. On s'arrête à une pompe alors que l'on n'a même pas besoin d'essence, on rencontre quelqu'un et la vie déraille. Non, le destin n'est pas cruel. Il est bête à pleurer.

J'ai reculé d'un pas, gravant cette misérable bicoque dans ma mémoire. J'ai ouvert la porte.

À partir de cet instant, j'étais officiellement en cavale.

3

Pour la première fois depuis des mois, le ciel était couvert. Pas de lune, pas d'étoiles, pas une lueur naturelle pour m'éclairer le chemin de l'évasion. Comme je ne voulais pas risquer de me trahir avec la torche électrique, je suis parti dans les ténèbres à pas hésitants.

J'ai d'abord traversé la route et je me suis accroupi derrière une carcasse de cabane en construction, où j'ai attendu un moment, guettant un bruit suspect. Rassuré, je me suis éloigné dans la plaine aride qui s'étendait autour de Wollanup. Au bout d'environ cinq cents mètres, je me suis retourné. Les deux ou trois lumières qui brillaient encore dans la ville m'ont paru assez lointaines pour me juger hors de portée d'ouïe. D'un pas plus vif, j'ai mis le cap à l'ouest sur ce terrain rocailleux, souvent traître. Une cheville tordue et on me découvrirait le lendemain avec un rupteur de voiture dans ma musette : la perspective m'encourageait à choisir soigneusement l'endroit où je posais les pieds, surtout dans une obscurité si complète que j'avais l'impression d'avancer à travers un territoire sans limites, un vide infini.

Au bout d'une demi-heure, j'avais mis assez de distance entre Wollanup et moi pour pouvoir obliquer à droite. La route montant au plateau devait être à cinq minutes de marche, avais-je calculé, mais au bout de trente j'en étais encore à tâtonner dans la poix nocturne. Le cœur battant, j'ai jeté un coup d'œil aux aiguilles fluorescentes de ma montre. Deux heures et quart. J'avais déjà quarante-cinq minutes de retard sur l'horaire décidé avec Krystal. Merde, merde et merde ! À l'instant où j'allais allumer ma lampe de poche, résigné à ce recours imprudent, une main surgie de nulle part m'a saisi au visage, un bras a ceinturé ma taille et m'a attiré au sol. Au bord de la crise cardiaque, j'allais crier quand la main s'est plaquée encore plus fort contre ma bouche.

— Tu es en retard, a chuchoté Krystal dans mon oreille.

Soudain, ce n'est plus sa paume qui a pressé mes lèvres, mais les siennes. Un baiser intense, enfiévré par neuf longues semaines d'attente que l'air de la nuit venait brusquement d'emporter. Avant qu'il ne nous entraîne plus loin, Krystal y a mis fin pour me dire dans un murmure pressant :

— On doit y aller, maintenant. Où étais-tu passé ?

— Je me suis perdu.

— J'ai cru que tu avais tout fait rater.

— C'est peut-être le cas. Papou n'a pas salé sa bière.

— Mon Dieu ! a-t-elle glapi en saisissant mon poignet pour consulter ma montre. Il va être debout dans deux heures et demie.

— On tente le coup quand même ?

— Je n'attendrai pas encore quatre mois. Tu crois que tu peux y arriver ?

— Pas le choix, ai-je soufflé, et nous nous sommes élancés en avant.

Les ressources de l'être humain sont réellement époustouflantes lorsqu'il se trouve sous la menace de coups et blessures aggravés avec intention de nuire. Même un sinistré de l'aérobic aux poumons imprégnés de tabac développera l'énergie nécessaire pour gravir en deux fois moins de temps que prévu un escarpement de trois cents mètres de haut, et ce, dans le noir. Mais ce n'en était pas moins une épreuve infernale. Inclinée à quarante degrés et criblée de nids-de-poule, la piste était une véritable course d'obstacles. Je suis tombé à deux reprises, la seconde en m'écorchant le mollet droit sur l'arête d'une pierre. Le sang n'a pas coulé, mais j'ai failli m'ouvrir la lèvre inférieure avec mes dents en refoulant un cri de douleur. Bien que non fumeuse et en grande forme, Krystal peinait, elle aussi, et nous avons dû faire halte à plusieurs reprises et avons entamé la modeste réserve d'eau de sa gourde.

Le temps filait affreusement vite. À quatre heures, nous n'étions qu'à la moitié de l'ascension ; à cinq – le moment du réveil quotidien de Papou –, la bétaillère paraissait toujours inatteignable. Quand nous avons enfin atteint le plateau vingt minutes plus tard, l'aube pointait déjà dans le ciel opaque.

Une odeur de mort nous a saisis à la gorge, la puanteur âcre de la chair animale en décomposition. Si la bétaillère était maintenant à quinze mètres devant nous, il fallait traverser un amas de kangourous morts pour l'atteindre. Il n'y avait pas seulement la dernière prise de Tom et de Rock mais aussi deux ou trois cents animaux qu'ils avaient abandonnés là à l'issue de leurs chasses répétées, sans doute faute de place sur la plateforme, avant de s'engager dans la rude descente qui les ramènerait en ville. Nombre d'entre eux n'étaient plus que des squelettes, tandis que d'autres s'étalaient en débris de viande putrescente, à moitié dévorée par la nuée de vautours en train de converger au-dessus de nos têtes dans la faible lumière du jour. En attente d'atterrissage, ils tournaient sans oser fondre sur leur festin en notre présence, mais en faisant tout leur possible – piaulements agressifs, vol en cercles de plus en plus bas, sans parler d'un mitraillage de fiente crayeuse qui faisait souvent mouche sur notre crâne et nos épaules – pour nous obliger à déguerpir.

Malgré toute notre hâte à quitter au plus vite cette scène cauchemardesque, nous n'avancions pas très vite à travers ce marécage de carcasses décomposées. Je comprenais maintenant pourquoi Tom et Rock partaient toujours à la chasse avec de grandes bottes en caoutchouc… Finalement, nous avons renoncé à marcher sur la pointe des pieds et nous nous sommes mis à courir, glissant et trébuchant sur les viscères et les lambeaux de chair. Parvenus à la bétaillère, nous nous sommes jetés dans l'habitacle, où Krystal a été prise de tremblements convulsifs tandis que je me battais contre la nausée. Cet abri n'était d'ailleurs que très relatif, puisque l'odeur abominable entrait librement par les fenêtres dont les carreaux manquaient – Tom et Rock n'avaient laissé que le pare-brise –, et que le carnage de la veille s'empilait toujours à l'arrière.

— Seigneur, non ! a gémi Krystal en découvrant que nous allions avoir la compagnie d'une demi-douzaine de kangourous morts sur notre route.

C'est alors que des coups de feu ont claqué. Impossible de se tromper : en bas, quelqu'un avait tiré deux fois au fusil. Ressortant péniblement du camion, nous avons gagné le bord de la falaise. En contrebas, à Wollanup, une foule s'était rassemblée et toutes les têtes étaient levées dans notre direction. Une silhouette massive a encore fait feu en l'air avant de monter dans la camionnette de Les, accompagnée par un autre homme, lui aussi armé d'une carabine. Le véhicule s'est ébranlé pour rejoindre la route : Papou était sur le sentier de la guerre, et les coups de feu que nous avions entendus étaient sa manière subtile de nous signifier que nous ne perdions rien pour attendre.

Après un instant de panique, nous nous sommes mis au travail. Ayant ouvert le capot, je me suis attaqué à la courroie de ventilation pendant que Krystal tentait de réduire notre charge en poussant les kangourous morts à bas de la plateforme. C'était une tâche particulièrement répugnante. Alors que je levais une seconde les yeux du moteur, j'ai vu qu'elle avait attrapé par les oreilles un animal d'une taille considérable pour l'entraîner à terre. Soudain, elle a lâché un hurlement perçant. J'ai couru à sa rescousse. Elle était couverte de sang. Les deux oreilles avaient lâché, lui restant dans les mains.

Nous nous sommes servis du peu d'eau qui restait dans la gourde pour lui mouiller les bras, puis elle s'est épongée avec un chiffon sale que j'avais déniché dans la boîte à gants. Je m'attendais à ce qu'elle se réfugie dans la cabine jusqu'à ce que j'aie fini la réparation mais elle a fait preuve d'une détermination dont j'aurais été incapable, se remettant aussitôt à l'ouvrage. En cinq minutes, elle avait jeté au sol les kangourous restants en les saisissant par les pattes.

Ma bataille avec la courroie, elle, s'avérait moins concluante. Nettement plus large que l'autre, celle que j'avais enlevée au minibus n'entrait pas dans les guides d'entraînement. Chaque fois que j'arrivais à la bloquer sur la poulie du haut, elle sautait dès que j'essayais de la passer autour de celle du bas. Au bout de cinq tentatives infructueuses, j'ai crié, moi aussi, mais de rage. Alertée, Krystal est venue maintenir la partie inférieure de la courroie pendant que je la tendais de toutes mes forces pour la bloquer sur la poulie supérieure. Nous y sommes arrivés au bout du troisième essai. Sans rien en dire à Krystal, je craignais que les vibrations du moteur ne finissent par la déloger, puisqu'elle n'était pas maintenue par les guides. Tiendrait-elle jusqu'à Kalgoorlie ? C'était pile ou face.

Le rupteur s'est montré plus accommodant. Après l'avoir facilement glissé dans le delco, je l'ai fait tourner avec les doigts pour vérifier qu'il était bien en place sur son axe. Cela ne garantissait pas pour autant qu'il ferait démarrer le camion. Après avoir replacé la coupelle, je suis remonté dans l'habitacle, où j'ai sorti de leur logement la masse de fils électriques sous le tableau de bord. J'ai vite repéré les deux câbles dont j'avais besoin. Je les ai coupés avec mon couteau de poche, puis j'ai dénudé leurs extrémités. Le moment de vérité était arrivé.

Assis devant le volant, j'ai poussé le levier de vitesse au point mort, j'ai enfoncé à deux reprises l'accélérateur, j'ai pris ma respiration et j'ai mis en contact les fils dénudés. Rien. J'ai cherché en hâte le starter, que j'ai tiré légèrement vers moi, puis j'ai appuyé sur la pédale des gaz, une seule fois, et j'ai approché les câbles l'un de l'autre en retenant mon souffle. Rien.

Krystal, qui se tenait devant le capot ouvert, a fait non de la tête. Le moteur ne donnait aucun signe de vie.

« Tu vas tout faire foirer ! » ai-je hurlé en mon for intérieur avant de m'obliger à retrouver mon calme.

Starter tiré à fond, cette fois. Sans toucher à l'accélérateur. Et les deux fils l'un contre l'autre, comme si je craquais une allumette. Et là… un bruit sourd. Hésitant, et de courte durée. Mais le démarreur avait réagi.

Starter tiré seulement à moitié, maintenant. Puis frotter les fils deux fois consécutives. Il y a eu un début de ronronnement. Un début prometteur.

Une très légère pression sur l'accélérateur. Les fils, encore. *Vrrrrmmmmm…*

J'ai appuyé sur la pédale, pied au plancher, les dents serrées. Donner du jus à l'allumage. Le moteur a toussoté, prêt à s'éteindre, mais j'ai coupé le starter, pompé sur l'accélérateur, et mon oreille a capté un grondement plus soutenu. Abandonnant leurs hésitations, les cylindres se sont mis en marche.

Claquant le capot, Krystal a lancé un coup d'œil rapide à ce qui se passait en contrebas du plateau.

— Ils sont sur la piste ! a-t-elle crié en revenant au pas de course à la bétaillère, avant de sauter sur le siège à côté de moi. Fonce !

J'ai engagé la première et lâché l'embrayage, prêt à sentir la poussée miraculeuse qui allait nous projeter sur la route. À la place, les roues avant se sont mises à chuinter sur place. Nous patinions sur quelque chose qui nous empêchait d'avancer. Le moteur tournant toujours, nous nous sommes jetés hors du camion pour voir ce qui bloquait. Plusieurs charognes de kangourous enflées par la décomposition. Sans pelle ni bêche, et aussi sans avoir le temps de faire la fine bouche face à cette besogne, nous les avons dégagées à la main avant de retourner dans la cabine. Ensuite, embrayer, passer la première, mettre les gaz, prier en silence pour que… Cette fois, le damné camion est parti en avant dans un soubresaut tonitruant. Nous avons commencé à tanguer et à cahoter sur le sol inégal du plateau, une dizaine de minutes à être secoués comme dans un panier à salade avant de parvenir à la surface plus égale de la piste qui s'éloignait vers l'ouest. Mon soulagement n'a été que de courte durée, car je me suis vite aperçu qu'il était impossible de dépasser le trente à l'heure sur cette tôle ondulée où les fissures succédaient aux crevasses, qu'il aurait été peut-être possible d'attaquer plus hardiment avec un petit 4×4 en bon état, mais certainement pas au volant d'une vieille bétaillère bringuebalante. J'ai fini par demander à Krystal :

— Quand est-ce que la piste devient meilleure ?

— Jamais.

— La vache ! Et on est à combien de la route principale ?

— Dans les quatre cents kilomètres.

— Hein ? Ça veut dire douze heures, à cette allure ! ai-je protesté, sans arriver à déguiser l'affolement dans ma voix.

— Je sais, a-t-elle répondu posément.

— Et ils sont à quoi, une demi-heure, quarante minutes derrière nous ?

— T'arrête pas, c'est tout.

— On est fichus.

— Dans quatorze heures, on sera à Kalgoorlie.

— Quatorze heures, rien que ça ?

— Quand on sera là-bas, je t'offre une bière.

— Deux, même. Et une vraie douche, pendant que tu y es. Je tuerais pour de l'eau chaude et du savon.

— Je pourrais même aller jusqu'à nous payer la nuit dans un motel.

— Tope là. Moi, je me charge des billets d'avion.

— Pour où ?

— Boston.

Elle est restée silencieuse un instant.

— Tu parles sérieusement ?

— Ouais, très sérieusement.

— Je ne sais pas…

— Si, tu sais.

— C'est que…

— Pas de « non ».

— Mais…

— Pas de « mais ».

Sans tourner une seule fois la tête vers moi, elle a gardé les yeux fixés obstinément devant nous pendant ce qui m'a paru une heure, ou plus. Soudain, elle a dit à voix basse :

— OK. Boston.

— Bien.

— Il y a intérêt à ce que ça me plaise, là-bas.

— Si ça ne te plaît pas, on prendra une voiture et on ira ailleurs. La route ouvre toutes sortes de perspectives…

Un autre nid-de-poule nous a envoyés au plafond.

— Pas celle-ci, en tout cas, a fait remarquer Krystal.

Le soleil a émergé des nuages une heure plus tard, et avec lui la fournaise. La cabine s'est transformée en bain turc. Nous avions la gorge desséchée.

— Je suis sûre qu'il y a un ruisseau dans pas très longtemps, m'a-t-elle assuré.

— Espérons que tu ne trompes pas. Autrement, on est morts.

Elle ne s'était pas trompée, sinon qu'il nous a fallu trois heures pour y parvenir, trois heures au milieu d'une aridité uniforme et brunâtre, sans un seul coin d'ombre en vue, trois heures à nous traîner si lamentablement que j'ai commencé à penser pour de bon que nous étions fichus. Papou devait forcément être pas loin dans notre sillage, maintenant. Mais brusquement elle a tendu un doigt devant elle, a crié : « Là ! » et j'ai aperçu un petit cours d'eau qui traversait la piste. Il n'avait pas plus de trente centimètres de profondeur mais, sitôt arrêtés, nous avons plongé la tête dedans comme si c'était un lac de montagne. L'eau avait un goût un peu métallique qui ne nous a pas rebutés une seconde. Après nous en être gorgés comme des fous, nous avons rempli la gourde de Krystal, puis nettoyé le sang de kangourou et la poussière agglutinés sur notre peau. Je me suis senti presque propre. Mais il ne fallait pas songer à s'attarder ici.

— Le prochain point d'eau, c'est à combien d'ici ? ai-je demandé à Krystal.

— Trois heures encore, plus ou moins.

Nous nous sommes tus, tendant l'oreille pour capter un éventuel grondement de camionnette. Pas un son au loin.

— On va peut-être y arriver, ai-je murmuré.

Pendant un moment, la piste s'est améliorée, ce qui m'a permis de monter royalement jusqu'à cinquante kilomètres heure, mais les montagnes russes, les creux et les bosses sont bientôt revenus en force et nous avons été à nouveau malmenés en tous sens, terrifiés à l'idée que la courroie de ventilation finisse par lâcher. Nous ne parlions guère, concentrés comme nous l'étions sur les traquenards de la route. Collée au pare-brise, Krystal me signalait d'un cri les obstacles en vue. Et puis on n'est pas d'humeur à bavarder, lorsqu'on est poursuivi par un quidam armé d'un fusil. Tous les vingt kilomètres, environ, nous faisions halte et ma complice courait quelques mètres en arrière de la bétaillère afin de guetter les bruits. Chaque fois, elle n'entendait que le silence oppressant du bush.

Trois heures plus tard, le soleil parvenu au zénith tapait comme une brute, la gourde de Krystal était vide, il n'y avait aucun ruisseau en vue et j'en venais à imaginer à quoi devait ressembler une agonie dans le désert. Mourir de soif, ici, au milieu d'une nature plus cruelle que je n'en avais jamais connu, l'éventualité était très plausible. Nous avions atteint une plaine sableuse dépourvue de la moindre colline, du moindre monticule, et sans arbrisseaux ni même une touffe de triodia. Aucune vie, ici, parce que cette immensité désolée tuait sans merci tout organisme vivant qui s'y aventurait. Un monde sec et plat, rouge sang, en fusion permanente. Le cœur sans vie du continent.

Une heure encore, et une de plus. Où était ce foutu ruisseau ? J'ai jeté un coup d'œil à Krystal. Brûlée et desséchée par sa vigie contre le pare-brise, elle s'était laissée aller en arrière contre la banquette, profitant du moment de répit qu'une portion de piste moins tourmentée lui accordait. J'étais tout aussi épuisé, torturé par la soif, presque délirant déjà. Il nous fallait de l'eau et vite.

Cinq minutes plus tard, on a roulé dessus. Ce n'était pas un ruisseau, à peine un filet qui serpentait péniblement sur l'argile. Les mains en coupe, nous avons raclé tout ce que nous étions en mesure de puiser.

— À Kalgoorlie, c'est *trois* bières que tu m'offriras, ai-je fini par lui dire d'une voix rauque.

— Autant que tu pourras en avaler.

Je l'ai enlacée, sa tête est venue rouler sur mon épaule. Pendant quelques minutes, la fatigue a été tellement accablante que nous étions incapables de bouger. Ni d'entendre la camionnette approcher. Ni de découvrir que Papou fonçait sur nous avant qu'il ne tire un coup de feu en l'air pour nous annoncer que nous étions cernés.

Ils étaient à moins de cent mètres, se rapprochant à toute allure. Les au volant, Papou sur le siège passager, son fusil braqué sur nous par la fenêtre ouverte. Deux autres balles ont sifflé au-dessus de nos têtes. Une troisième s'est fichée dans le toit de la cabine alors que nous nous apprêtions à remonter dans l'habitacle. Nous nous sommes jetés au sol, cherchant à nous abriter derrière le radiateur.

— Sortez d'là ! a hurlé Papou.

J'ai avancé la tête pour regarder. La camionnette arrivait droit sur nous. J'ai dévisagé Krystal. Elle avait l'air très effrayée.

— Qu'est-ce qu'on fait ? lui ai-je chuchoté.

— Qu'est-ce qu'on peut faire ? a-t-elle répondu sur le même ton. Ils nous tiennent.

À l'instant où nous nous relevions, les mains en l'air, il y a eu un grand bruit de tôle froissée : ayant tapé un nid-de-poule beaucoup trop vite, la camionnette avait capoté sur le côté gauche. À travers le pare-brise, nous avons vu Papou projeté sur Les. Ils se sont mis à s'insulter – copieusement.

En deux bonds, nous avons sauté dans la bétaillère, dont le moteur tournait toujours et qui est repartie avec ses soubresauts habituels. Le pied au plancher, je n'ai pas pu dépasser le trente-cinq. S'étant retournée sur le siège, Krystal me commentait la scène en direct qui se déroulait derrière nous. Nos deux poursuivants étaient en train d'essayer de remettre leur véhicule sur ses roues.

— Ils n'ont rien, visiblement… Mais on dirait qu'ils ont du mal, avec la camionnette… Elle ne se redresse pas... Papa hurle sur Les... Il le secoue comme un prunier, il donne un coup de pied dans le pare-chocs... Ils essaient encore... Les pousse avec les mains, papa avec le dos... Non, elle ne bouge pas d'un pouce... Ils sont bloqués là-bas, ces salauds !

J'ai éclaté d'un rire dément. Nous avions eu une chance incroyable. Dans le rétroviseur, j'ai vu Papou courir après nous, s'arrêter sur ses jambes vacillantes, tirer encore une balle inutile ; haletant sous le soleil du désert, il criait et s'agitait comme un automate, bouillonnant de colère sur le sable indifférent. Nous avons plongé dans une descente et il a disparu de mon champ de vision. En carafe dans le néant.

Nous sommes arrivés dans une vallée encaissée. Aidée par la pente, la bétaillère a pris de la vitesse. Perdant son rouge écarlate, le sol était devenu brun et gris, craquelé de toutes parts. À part des os d'animaux blanchis, rien en vue.

— Le prochain point d'eau, c'est à la grand-route, m'a dit Krystal après un long silence. Si on tombe en panne avant ça...

Elle n'a pas terminé sa phrase. Se dévissant le cou pour regarder encore derrière nous, elle a soufflé :

— Tu crois qu'ils vont pouvoir repartir ?

— Je ne sais pas.

— S'ils n'arrivent pas à redresser la camionnette, ils sont morts.

Elle s'est tue, le regard perdu sur l'horizon. Son angoisse était palpable. Finalement, elle a murmuré :

— Il faut qu'on y retourne.

— Pas question !

— Ils mourront !

— Ou ils nous tueront.

— C'est mon père, mon oncle, c'est...

— Ils nous ont tiré dessus, merde !

— Ils ne le feront pas, si nous revenons les aider. Ils nous remercieront.

— Toi, peut-être, mais pas moi. Ils me flingueront comme ils ont flingué Jack. Tu as oublié Jack ? ai-je hurlé.

Krystal a rejeté la tête en arrière comme si je l'avais giflée.

— Excuse-moi. Je suis désolé.

Plaquant une main sur sa bouche, elle s'est mise à sangloter. Je me suis arrêté au bord de la piste et je l'ai prise dans mes bras. Son visage contre ma poitrine, elle pleurait à chaudes larmes. Je lui ai caressé les cheveux, je lui ai dit et répété que j'étais désolé, que j'étais le plus grand imbécile que la Terre ait porté. Je me sentais le roi des salauds.

J'ai relevé la tête et mes yeux sont tombés sur le rétroviseur. La camionnette. Revenait. À vive allure. Lâchant Krystal, j'ai démarré en trombe. Mais le véhicule de Les était trop rapide pour nous. Quittant la piste, il nous a dépassés sur le sable, s'est rabattu et a pilé brutalement. Papou avait déjà sauté dehors. Son fusil était braqué sur moi.

— Dehors, et qu'ça saute ! a-t-il rugi.

J'ai immobilisé la bétaillère et j'ai jeté un coup d'œil à Krystal, qui a seulement hoché la tête en silence. Nous avons quitté la cabine et nous sommes allés à l'avant du véhicule. Quand elle a pris ma main dans la sienne, les traits de son père se sont tordus de rage.

— Espèce de Yankee de mes deux ! a-t-il sifflé entre ses dents. Tu pensais qu't'allais nous laisser crever là-bas, hein ?

— Papa, écou…

— Ta gueule, toi ! a-t-il jappé tout en armant son fusil. Baiser ce branleur pendant que ma Princesse a l'dos tourné...

— Ce n'est pas ce qui s'est passé, ai-je voulu plaider, nous...

Il a pointé le canon en direction de ma tête.

— Papa, non ! a gémi Krystal, affolée.

Son doigt s'est refermé sur la détente. Non, ce n'était pas possible, c'était un cauchemar, c'était...

— Bon, d'accord ! ai-je crié d'une voix que je ne reconnaissais pas. Je vais revenir ! Je... je n'essaierai plus jamais de m'enfuir ! Je ferai tout ce que vous...

— Tu vas nulle part, connard !

Il me visait au cœur, maintenant.

— Attends voir un peu, Papou ! est intervenu Les d'un ton pressant. On va l'ramener à Wollanup et lui donner la branlée d'sa vie. Mais pas ça, mon pote. On peut pas faire ça une deuxième fois.

— Mon cul si j'peux pas !

J'ai regardé partout autour de moi, telle une bête traquée. Aucune issue. Il me souriait. Ce malade mental me souriait avec le doigt sur la foutue détente ! Je me suis entendu glapir un « Noooooooon ! » désespéré en plongeant de côté. Un coup de feu a claqué.

Après la détonation, le silence. Un silence hébété, irréel. J'étais couché sur le sol, le visage dans le sable. Il y a eu un cri. Une plainte animale. De quoi vous glacer le sang. Quelqu'un hurlait à la mort. C'était Papou.

J'ai levé la tête et j'ai vu Krystal.

Elle titubait vers moi. Son tee-shirt était imprégné de sang, ses traits exprimaient un immense étonnement.

— Oh, merde, a-t-elle murmuré, oh, merde...

Avant que je ne puisse l'atteindre, elle s'est affaissée sur le sol, où elle n'a plus bougé. Jetant son arme, Papou s'est précipité sur elle, l'a prise dans ses bras, l'a bercée violemment, secoué de hoquets incontrôlables. Les s'était approché, lui aussi. Il a saisi le poignet gauche de Krystal entre ses doigts. Il cherchait son pouls. Au bout d'un instant, il l'a lâché. Tombé à genoux, il a enfoui sa tête entre ses mains.

J'étais en état de sidération. Fou de détresse et gouverné par un pilote automatique d'une lucidité démente. Les jambes en guimauve mais le cerveau tournant à trois cents à l'heure, j'ai bondi à l'endroit où Papou avait laissé tomber le fusil. Je l'ai ramassé, l'ai réarmé et je l'ai braqué sur mon beau-père en beuglant de toutes mes forces son prénom :

— Millard !

Oubliant sa fille, il s'est élancé vers moi, les yeux fous, les narines palpitantes comme les naseaux d'un taureau en train de charger. J'ai tiré deux fois et j'ai fait mouche à deux reprises. À la tête. Il est tombé en arrière. Les a poussé un cri inhumain. Il a fait mine de se relever, mais je le couchais déjà en joue.

— Bouge pas, connard !

— S'il te plaît, mec…

Il avait une voix de gosse apeuré.

J'ai réarmé le fusil. Les s'est mis à pleurer, à me supplier de l'épargner, son corps tout entier tordu d'une peur abjecte. Je l'ai frappé en pleine figure avec le canon. Il s'est plié en deux et s'est effondré sur le flanc.

— Debout !

Je tremblais, moi aussi. Il a plaqué les mains sur son crâne, secoué maintenant de sanglots hystériques. Je l'ai savaté, d'abord au ventre, ensuite dans les dents. Je n'avais pas de plan précis, rien que le désir de le tuer.

— J'ai dit debout !

Il a réussi à se relever. Le sang pissait de sa bouche et de son nez. Je lui ai ordonné de poser ses mains sur sa nuque, d'aller à la camionnette, de se placer contre elle et de me tourner le dos. D'un coup de pied, je l'ai forcé à écarter les jambes et je l'ai palpé. Deux cents dollars en liquide, des clés de voiture. Je me suis emparé du tout.

— Tourne-toi !

Dès qu'il m'a fait face à nouveau, il est retombé à genoux et a recommencé à m'implorer. Moi, j'essayais de décider de la suite. Après avoir réfléchi un moment, je lui ai dit :

— Porte Krystal à l'arrière de la bétaillère. Allez, magne-toi !

Il a titubé jusqu'à elle. Passant un bras sous ses épaules, l'autre sous ses jambes, il l'a soulevée. Pendant qu'il l'emportait au camion, j'ai dû fermer les yeux. Je ne voulais pas voir son visage.

— Mets son père à côté d'elle.

Cela lui a demandé plus d'efforts, mais il était assez costaud pour traîner le cadavre à la bétaillère et le hisser sur la plateforme.

— Maintenant, monte dedans et mets-toi au volant.

Il s'est exécuté. Je me suis glissé à côté de lui et j'ai laissé le canon du fusil se poser sur son cou. Le moteur ronronnait toujours.

— Fais demi-tour.

Il a réalisé la manœuvre en dix secondes. La bétaillère était maintenant sur la piste, pointée dans la direction de Wollanup.

— Combien d'essence il reste dans la camionnette ?

— Le… la moitié. Et un jerrican plein à l'arrière.

— À combien on est de la route principale, d'ici ?

— Deux… deux heures, pas plus.

— Tu vas essayer de me suivre ?

— Non ! Je le jure !

— Si tu essaies, je te bute. C'est clair ? En fait, je devrais te tuer tout de suite.

Il s'est remis à chouiner.

— Mets-toi au point mort. Et garde tes mains sur le volant jusqu'à ce que je te dise de démarrer.

Attrapant mon sac sur le plancher, je suis sorti lentement de la cabine, sans cesser de le viser. J'ai marché à reculons vers la camionnette, le tenant toujours en joue.

— Rentre chez toi, maintenant.

Un vague geignement m'est parvenu.

— Je regrette, je… je suis…

— Allez tous crever. Tire-toi !

Il est parti. Planté au milieu de la piste, je n'ai enlevé le doigt de la détente qu'une fois la bétaillère dissoute dans la brume de chaleur à l'horizon. Ensuite, je suis monté dans la camionnette, j'ai agrippé le volant et je suis resté ainsi de longues minutes, les phalanges exsangues. L'abomination de tout cela me coupait le souffle. Ce que je venais de voir et de faire m'avait mis K-O. La chaleur étouffante dans la cabine a fini par me tirer de mon égarement. J'ai mis le contact. Les roues sont passées sur deux mares de sang déjà séché. Dix minutes auparavant, elles n'étaient pas là, et maintenant le soleil les frappait avec un tel acharnement qu'elles ne se distinguaient presque plus du reste du sable rouge.

J'ai atteint la grand-route environ deux heures plus tard, comme prévu. Une seule voie asphaltée, déserte à perte de vue. Prenant mon sac, je suis descendu du camion. Après m'être déshabillé entièrement, je me suis nettoyé tant bien que mal avec l'eau qui suintait le long du macadam. Après avoir enfilé les derniers vêtements propres qui me restaient, j'ai empilé sur le sol mon tee-shirt et mon short éclaboussés de sang, j'ai pris un peu d'essence dans le jerrican, je les ai aspergés et j'ai lancé une allumette sur le tas. Pendant qu'ils brûlaient, je me suis éloigné un peu dans le désert pour enterrer le fusil. Si je tombais sur la police, à partir de maintenant je ne serais plus un assassin en fuite avec toutes les pièces à conviction accrochées à ses basques mais un crétin de touriste américain qui s'était perdu en s'aventurant sur les pistes de l'outback.

Je n'ai croisé ni flics ni personne d'autre d'ailleurs pendant tout le trajet jusqu'à Kalgoorlie. En chemin, j'ai dû m'arrêter plusieurs fois sur la chaussée, mes mains tremblant au point que je craignais de perdre le contrôle de mon véhicule. Il était près de huit heures du soir quand j'ai aperçu une faible lueur dans le ciel obscur. Évitant la ville, j'ai été droit à l'aéroport. Sur le parking, je me suis servi d'un chiffon pour essuyer les empreintes sur le volant, le tableau de bord, les poignées de porte et toutes les parties que j'avais pu toucher. Puis je suis entré dans le terminal et j'ai pris un billet sur le dernier vol de la journée pour Perth.

— C'est cent trente-neuf dollars l'aller, m'a annoncé l'employée de la compagnie, mais nous faisons une promotion pour l'aller-retour à cent soixante-dix neuf dollars.

— Non, merci. Je ne reviendrai pas.

J'ai payé en liquide avec l'argent de Les. Lorsque je lui ai tendu la somme, je me suis rendu compte qu'elle me dévisageait avec attention. Était-ce évident à ce point ? M'avait-elle reconnu ? Circulait-il déjà un avis de recherche concernant un Américain accusé de meurtre qui devait se trouver dans la région de Kalgoorlie ? Dès qu'elle aurait imprimé le billet, elle s'esquiverait sans doute dans le bureau derrière la cloison pour appeler la police. Elle allait me balancer, la salope. Elle aurait sa photo dans le journal local et son petit moment de gloire pour m'avoir fait coffrer. Vingt ans ou plus à moisir dans une taule australienne. Et si je te démolissais le portrait avant que tu puisses dire ouf, sale garce ? Et si...

— Embarquement porte six, dans vingt minutes. Je vous souhaite un très bon vol, monsieur.

Marmonnant des remerciements, j'ai ramassé mon billet et j'ai filé aux toilettes, où je me suis enfermé dans un box pour attendre que mes frissons se calment. Quand j'ai repris mes esprits, j'ai rempli un lavabo d'eau froide et j'y ai plongé la tête, ne la retirant qu'à l'instant où j'allais me noyer.

Arrête ton délire, Nick. Personne ne sait rien, personne ne peut savoir. Les corps sont en route pour Wollanup. Il ne passe jamais une voiture sur cette route, puisqu'elle n'existe même pas sur la carte. Et tous les gens de Wollanup vont tenir leur langue parce que ce serait leur fin, s'ils parlaient. Tu t'en es tiré. Tu es pratiquement sorti de l'enfer.

L'avion était vide. Je me suis installé au fond de la cabine de cinquante places du bimoteur à hélices, et j'ai descendu quatre whiskys suivis de quatre bières pendant la petite heure de vol. À l'aéroport de Perth, une longue file de taxis attendait dehors. J'ai été le seul à en prendre un.

— Quel est le meilleur hôtel de la ville ? ai-je demandé au chauffeur en tête de station.

— Le Hilton, je crois.

— On y va, alors.

En cours de route, une vieille chanson des Beatles est passée à la radio. Quand Paul McCartney a repris le refrain, « Et elle s'en va... », j'ai finalement perdu le combat que je m'étais livré au cours des dernières heures.

— Ça va, l'ami ? m'a lancé le taxi.

Je pleurais tellement que j'étais incapable de lui répondre.

— Allez, mec, une de perdue, dix de retrouvées, pas vrai ?

— Fermez-la, ai-je chuchoté entre deux sanglots.

Lorsque nous avons atteint le Hilton, je m'étais débrouillé pour me ressaisir. L'hôtel se trouvait dans William Street, en plein centre-ville, mais les rues étaient déjà vides. Les gens se couchaient tôt, à Perth, et le petit frimeur de réceptionniste n'a pas du tout apprécié ma dégaine quand il m'a vu m'approcher du comptoir.

— Toutes nos chambres standard sont prises, a-t-il commencé d'un ton peu engageant.

— Il ne vous reste absolument plus rien ?

— Une suite à trois cent vingt-cinq dollars la nuit, c'est tout.

J'ai fait claquer ma carte Visa sur le comptoir.

— Je prends.

— Ah, vraiment ? a-t-il soufflé, pris de court. Mais... je vais devoir demander l'accord de Visa, avant tout.

— Faites.

Après s'être éclipsé quelques minutes, il était tout sourires à son retour. Il n'y a rien comme une carte bancaire en plastique pour forcer le respect des plus méfiants.

— Tout est en ordre, monsieur Hawthorne. Dois-je dire au concierge de monter vos bagages ?

— Les voici, ai-je répliqué en montrant mon sac.

Il a dû probablement se pincer pour ne pas montrer son étonnement.

— Auriez-vous besoin de quelque chose, monsieur ?

— Une brosse à dents, du dentifrice, de quoi me raser.

— Une… C'est ce qu'on appelle voyager léger, monsieur.

— Je peux avoir cette putain de clé, maintenant ? S'il vous plaît !

— Tout de suite, monsieur.

La suite était un grand délire Louis XV : meubles rococo, dorures partout, un lit de la taille d'un terrain de foot. Je me suis déshabillé, j'ai enfilé un peignoir de l'hôtel et j'ai confié mon linge sale au garçon d'étage venu m'apporter les articles de toilette que j'avais réclamés. Il m'a promis que tout serait lavé et repassé le lendemain matin.

Le moment de la douche était arrivé. De l'eau chaude à volonté, avec assez de pression pour vous picoter la peau. J'y suis resté une demi-heure. J'avais à me dépouiller de beaucoup, beaucoup de saletés.

Trop épuisé pour manger, j'ai pris une mignonnette de scotch dans le minibar et je me suis étendu entre les draps frais, parfaitement amidonnés. Trois minutes après, je dormais à poings fermés.

Il n'y a pas eu d'apparitions nocturnes, de flash-backs terrorisants, ni même de rêve bénin. Le sommeil de la mort, littéralement. C'est à mon réveil, après quelques instants bénis où je ne me rappelais plus où j'étais, que toute l'horreur est revenue d'un coup. Angie. Le poulailler. Les charognes de kangous. Papou. Krystal. Elle, surtout…

« Tu parles sérieusement ? » Sa question, quand j'avais suggéré Boston. « Ouais, très sérieusement », avais-je répondu et, sans doute pour la première fois de ma vie, cela avait été le cas.

Comment vit-on avec une douleur chronique, un mal incurable ? On fait avec, j'imagine. Jour après jour. Et il faut s'y faire très vite. Tout de suite même.

J'ai commandé un gigantesque petit déjeuner, pris une autre douche d'une demi-heure. J'ai enfilé mes habits tout juste sortis du pressing. Au salon de coiffure de l'hôtel, je me suis débarrassé de neuf mois de mèches emmêlées. Après avoir signé la note de ma chambre, je suis parti dans le canyon de gratte-ciel du quartier des affaires, où j'ai vu mes premiers feux rouges depuis que j'avais quitté Darwin et où j'ai trouvé l'agence American Express. Là, j'ai déclaré la perte de six mille cinq cents dollars en chèques de voyage, une somme qui a fait ouvrir de grands yeux à l'employée. Je lui ai remis l'attestation d'achat, elle a passé de nombreux coups de fil à la direction à Sydney et j'ai attendu une heure, le temps que le système informatique vérifie tous les numéros de série. Ensuite, j'ai dû remplir tout un tas de formulaires et subir un sermon sur la nécessité de conserver en bonne place mes traveller's cheques, à l'avenir, mais j'ai fini par recevoir mon argent en liquide. Je suis sorti de l'agence stupéfait que Les n'ait jamais encaissé un seul des chèques qu'il m'avait forcé à endosser, mais soudain mon regard s'est arrêté sur le panneau du cours des devises dans la vitrine et j'ai tout compris. Pendant mon séjour ni vu ni connu à Wollanup, le dollar américain avait perdu près de la moitié de sa valeur face au dollar australien, et le pingre avait apparemment décidé d'attendre qu'il remonte avant d'utiliser mes chèques.

Étape suivante : une agence de voyages. J'ai montré mon billet d'avion à la fille en lui demandant de me réserver une place sur le prochain avion pour Londres, avec correspondance directe pour Boston. Après avoir pianoté sur son clavier, elle m'a annoncé une mauvaise nouvelle : le vol de 16 h 45 de ce jour était complet en classe économique.

— Mettez-moi en classe affaires, alors.

— Il faudra payer un supplément de… mille trois cent soixante-quinze dollars.

Cette fois encore, j'ai plaqué ma carte Visa sur le comptoir.

— Allez-y.

J'ai passé les heures suivantes à me faire oublier, dans un bar obscur, tuant le temps avec quelques bières. Vers trois heures de l'après-midi, j'ai demandé au barman de m'appeler un taxi pour l'aéroport ; une demi-heure plus tard, carte d'embarquement en main, je me dirigeais vers le lounge de la classe affaires, où comptais me réfugier jusqu'au dernier appel pour mon vol. Auparavant, toutefois, il fallait passer le filtre du service d'immigration.

Le fonctionnaire était un échalas d'une cinquantaine d'années, à la figure en lame de couteau et à la poche de chemise munie d'un porte-stylo en plastique, signe distinctif du bureaucrate lourdingue. Il a exigé mon passeport d'un claquement de doigts, m'a dévisagé d'un regard froid de physionomiste avant de me comparer à la photo d'identité du document. J'ai patienté pendant qu'il le feuilletait page par page, s'arrêtant pour lécher le bout de son index. Il est enfin parvenu à celle qui portait mon visa australien et le tampon d'entrée. Ses yeux se sont plissés, ses lèvres se sont pincées. Il est revenu en arrière pour scruter de nouveau ma photo. Il m'a jaugé d'un air glacial, s'est levé de sa chaise et m'a dit :

— Attendez ici, s'il vous plaît.

Malgré mes efforts pour rester calme, j'ai senti la sueur mouiller mes paumes.

— Un problème ? me suis-je enquis.

— Oui.

Il est parti dans le couloir d'un pas raide. Deux minutes plus tard, il était de retour avec un fonctionnaire en costume sombre à l'allure de chef de service et avec un policier de l'aéroport en uniforme. Je suis devenu blanc. Faible. Mortellement faible. Ils savaient. Ils avaient tout découvert. Peut-être que Les, au lieu de rentrer à Wollanup, était allé donner l'alerte à Kalgoorlie et avait raconté aux flics que j'avais tué Papou *et* Krystal. Comment me sortir d'une pareille accusation ? Et expliquer mon emploi du temps au cours des neuf derniers mois ? Même s'ils croyaient à mon histoire, ils me feraient payer la mort d'un citoyen australien. Accepteraient-ils de m'accorder la légitime défense ? Et après ? Cela réduirait la peine à… dix ans ? J'allais végéter tout ce temps dans ce foutu pays ? Je ne le quitterais qu'à cinquante balais ? Impossible, impensable ! Je vous en prie, je vous en supplie, laissez-moi monter dans ce zingue et je vous fais le serment, signé de mon sang, que vous ne me reverrez plus jamais.

C'était le chef de service qui tenait mon passeport. Il l'a ouvert à la première page, sur laquelle il a jeté un coup d'œil :

— Monsieur Hawthorne, c'est bien ça ? Nicholas Thomas Hawthorne ?

— Oui. Est-ce que... il y a un problème ?

— Vous allez devoir venir avec nous, s'il vous plaît.

— Mais pourquoi ?

Le policier, qui s'était placé derrière moi, m'a tapé légèrement sur l'épaule.

— Par ici, monsieur.

Pris en sandwich, je me suis mis en marche à travers une succession d'étroits corridors. Nous sommes arrivés devant un alignement de bureaux genre clapiers à lapins, aux portes en verre dépoli. Le chef de service en a ouvert une ; allumant le néon du plafond, il m'a fait signe de m'asseoir sur une chaise en métal pendant qu'il s'installait à la table qui lui faisait face. Le flic est resté en faction à l'entrée.

— Eh bien, monsieur Hawthorne, j'imagine que vous savez pourquoi vous êtes ici ?

Comme je ne répondais pas et que je gardais les yeux sur le linoléum usé, il a pris un ton plus sec :

— Répondez, je vous prie. Vous comprenez la raison de votre présence dans ce bureau ?

— Je... Oui.

— Vous comprenez que vous avez violé la loi, commis un grave délit ?

Un frisson m'a parcouru. J'ai serré les poings pour empêcher mes mains de trembler.

— Conformément aux lois australiennes, a-t-il repris, vous avez le droit d'être assisté par un avocat, à ce stade, mais il serait plus simple que vous acceptiez de répondre d'emblée à quelques questions. Êtes-vous disposé à coopérer ?

— Oui, ai-je murmuré.

— Bien, a-t-il poursuivi en sortant plusieurs formulaires officiels d'un tiroir de la table. Alors, monsieur Hawthorne, voulez-vous m'expliquer pourquoi la date limite de votre visa de séjour est dépassée de six mois ?

J'ai cligné des yeux, incrédule, abasourdi.

— J'ai… quoi ? me suis-je entendu balbutier.

— Vous êtes arrivé à Darwin il y a exactement neuf mois et trois jours, porteur d'un visa touristique de type 6-70 qui, bien que valide pour plusieurs entrées pendant une année, ne vous permet pas de séjourner dans notre pays plus de trois mois consécutifs. En d'autres termes, vous avez six mois et trois jours de retard sur la date limite de votre départ. En d'autres termes, vous avez gravement contrevenu aux lois australiennes sur l'immigration.

La lumière se faisait, petit à petit. « Joue les imbéciles », me suis-je dit.

— Et… c'est pour ça que vous m'avez arrêté ? ai-je demandé avec l'intonation de quelqu'un un peu dur de la comprenette.

Le chef de service s'est montré un tantinet plus agacé :

— Oui, monsieur Hawthorne, c'est ainsi que nous procédons, ici. Si vous utilisez illégalement votre visa, nous vous détenons à votre départ. Alors, auriez-vous l'obligeance de m'expliquer pourquoi vous n'avez pas demandé une prolongation de votre visa ?

Jouant une nouvelle fois l'authentique imbécile (décidément…) j'ai raconté que, n'ayant pas lu les avertissements du document officiel, j'étais persuadé d'être autorisé à rester un an en Australie. Le digne fonctionnaire m'ayant rappelé que nul n'est censé ignorer la loi, j'ai argué de mon inexpérience des voyages à l'étranger : comme les pages de mon passeport le prouvaient, l'Australie avait été ma première destination internationale depuis des années. Dubitatif, il m'a bombardé de questions. Quelle était ma profession, pour quelle raison avais-je quitté les États-Unis si longtemps ?... Où avais-je été, durant tout ce temps en Australie ? (« Eh bien, Darwin, le Kimberley, et puis du camping autour de Broome pendant deux mois ou trois... ») Est-ce que j'aurai un emploi, une fois revenu dans mon pays ? (« Je commence lundi matin mon travail à *La Vigie* d'Akron, dans l'Ohio »). Avais-je fait l'acquisition de terrains ou d'immeubles en Australie ? Avais-je travaillé en échange d'un salaire ?

Il a semblé satisfait de mes réponses. Visiblement, j'étais très bon dans le rôle du touriste naïf. Mais il restait une petite formalité à régler et je me suis transformé, à nouveau, en pelote de nerfs : attrapant son téléphone, le chef de service a appelé la police fédérale et celle de l'État d'Australie-Occidentale.

— Hawthorne, Nicholas Thomas. Passeport américain numéro L8713142. Pas d'enquête en cours à son sujet ?

Des minutes – éprouvantes – se sont écoulées, puis il a soufflé : « Je vois... », a raccroché et m'a fusillé du regard.

— La police... ne voit pas de raisons de vous interroger, a-t-il avoué alors que j'avais du mal à retenir un énorme soupir de soulagement. Mais ici, monsieur Hawthorne, nous sommes habilités à vous retenir et même à vous incarcérer pour infraction à la législation sur l'immigration. À moins, bien entendu, que vous ne consentiez à un rapatriement volontaire...

— Je... Qu'est-ce que ça veut dire, au juste ?

— Vous signez une déclaration par laquelle vous reconnaissez que vous avez outrepassé vos droits et vous vous engagez à ne plus demander de visa australien au cours des trente-six mois à venir. Vous seriez refoulé, si vous tentiez de pénétrer sur le territoire.

— Où est-ce que je dois signer ?

La paperasserie terminée, ils m'ont gardé dans le bureau jusqu'au dernier appel, puis le policier m'a escorté à la porte d'embarquement. Il n'y avait déjà plus personne dans la salle d'attente. Le personnel au sol m'attendait avec impatience. Après m'avoir rendu mon passeport et ma carte d'embarquement, le flic m'a admonesté en ces termes :

— La prochaine fois, monsieur, conformez-vous à la loi et votre sortie du territoire se déroulera bien plus facilement.

« Ouais, et les lois de Wollanup, tu les connais, mec ? » ai-je eu furieusement envie de lui répondre, mais j'ai tenu ma langue. Il fallait que je monte dans cet avion.

On a vérifié mon passeport et ma carte d'embarquement, on m'a accompagné à la porte du 747, on m'a invité à prendre place dans un large fauteuil rembourré, on m'a apporté un verre de champagne. L'avion a commencé à rouler sur la piste. J'ai pensé : « Tu vas voir, il va stopper brusquement, retourner au terminal, et là tu vas être arrêté encore une fois. Et ce sera la bonne. Parce que tu es coupable. Coupable de tant de choses... »

Mais j'ai senti les roues quitter le sol. Bientôt, Perth avait disparu de notre champ de vision et nous volions au-dessus d'un monde vide et rouge.

Encore du champagne. Je me suis carré dans mon siège. Après mes dépenses avec ma carte de crédit, il allait me rester plus de quatre mille dollars. Suffisamment pour voir venir et prendre un nouveau départ. Pas à Akron, pas pour un emploi minable. C'en était fini des impasses et des culs-de-sac que je me bâtissais tout seul. Plus d'errance, plus de glandouille. J'avais consacré ma vie à poursuivre l'éphémère, à esquiver toute obligation et tout engagement qui auraient pu me mettre au défi de me montrer à la hauteur. J'avais été un électron libre, si libre et si seul que personne au monde n'avait seulement remarqué que j'avais disparu neuf mois durant. Personne ne s'était soucié de moi. Sauf Krystal, et cela lui avait coûté cher. Je n'étais pas digne du prix qu'elle avait eu à payer. Et j'étais revenu au point de départ, à nouveau sans attaches, sans responsabilités, mais maintenant terrifié par ma solitude et mon déracinement. Qui a dit qu'une vie dépourvue d'engagements est une vie privée de substance ? Un père la morale chiantissime, certainement. Mais qui avait tout de même mis le doigt sur une sacrée vérité...

Trois coupes de champagne plus tard, j'ai plongé dans le sommeil. Pendant des heures. Derrière mes paupières closes, une scène a défilé. J'ai la soixantaine. Professeur retraité menant une petite existence tranquille dans une coquette maison d'une petite ville de la côte du Maine. C'est l'hiver. Il neige. Je suis assis devant la cheminée du salon, une revue ouverte sur les genoux, sirotant le premier whisky de la soirée. On frappe à la porte. Je vais ouvrir. J'ai devant moi un jeune aux cheveux longs, sac à dos sur l'épaule, son chapeau de bushman couvert de flocons. Je reconnais mon visage dans le sien, mais son accent est absolument australien.

— Jour, P'pa.

Émergeant de la pénombre derrière lui, une grosse bonne femme dont la corpulence fait oublier qu'elle ne doit pas avoir plus de quarante-cinq ans. Sa chevelure blonde a viré prématurément au gris. Un sourire malveillant lui tord la bouche, dans laquelle il ne reste que trois ou quatre chicots. Le garçon passe un bras autour d'elle.

— Dis voir, donne l'bonjour à M'man !

Une main m'a secoué l'épaule. Énergiquement.

— Monsieur ? Monsieur !

Je me suis réveillé en sursaut. Une hôtesse de l'air était penchée sur moi, les sourcils froncés par l'inquiétude.

— Vous avez crié, m'a-t-elle dit.

— Je... C'est vrai ?

— Oui. Fort, même.

— Ah...

— Tout va bien ?

— Tout va... très bien.

Elle m'a gratifié d'un sourire plein de belles dents blanches.

— Ce devait être un cauchemar, alors.

On n'aurait pu mieux dire.

Un passé embarrassant

Les charmes discrets de la vie conjugale
Douglas Kennedy

L'Amérique des sixties, c'était l'ère de la contestation et des revendications. Fille d'un célèbre agitateur et d'une artiste, Hannah Buchan aurait pu être la chef de file d'un groupe de jeunes idéalistes. Pourtant, elle a opté pour une vie tranquille de mère de famille dans une petite ville du Maine avec son époux, médecin. Mais un jour, voulant échapper à son quotidien, Hannah se rend complice d'un délit.

Trente ans plus tard, l'Amérique post-11 septembre est en proie au doute, à la suspicion et à la remise en question. C'est alors que son passé resurgit…

(Pocket n° 12990)

Il y a toujours un Pocket à découvrir

Descente aux enfers

Les désarrois de Ned Allen
Douglas Kennedy

Responsable de la vente d'espaces publicitaires pour un magazine d'informatique, rien ne résiste à Ned Allen. Jusqu'au jour où le journal est racheté, et Ned, comme la plupart des employés, est licencié. Commence alors pour lui le pire des cauchemars : sa femme le quitte, il est évincé de la profession à cause d'un coup d'éclat, et il se retrouve sans argent ni logis. Alors qu'il a tout perdu, un ami lui propose enfin un travail, qui va bouleverser sa vie...

(Pocket n° 10917)

Il y a toujours un Pocket à découvrir

Cet ouvrage a été imprimé en France par

CPI
Bussière

à Saint-Amand-Montrond (Cher)
en octobre 2009

Composé par Nord Compo Multimédia
7, rue de Fives, 59650 Villeneuve-d'Ascq

POCKET - 12, avenue d'Italie - 75627 Paris Cedex 13

— N° d'imp. : 91570. —
Dépôt légal : novembre 2009.